書下ろし

替え玉屋 慎三

尾崎 章

祥伝社文庫

目次

序　章

俄《にわ》か雨は半刻《はんとき》ほどで上がった。

雨宿りをしていた人々は、三々五々中山道《なかせんどう》に戻ってくると、水溜まりを避けながら、それぞれの目的地に向かって歩き始めた。

そのような人々に交じって、編笠《あみがさ》を眼深《まぶか》に被《かぶ》り、北を目指す一人の武士がいた。

蓑《みの》を持ち合わせていないらしく、着物は先ほどの雨でかなり濡《ぬ》れている。

空は鉛《なまり》色の雲に覆《おお》われ、欅《けやき》の木々の間を吹き抜ける早春の風はまだ肌寒いが、歩くことで着物を乾かそうとでもいうのか、その武士は、他の旅人に比べてもかなりの早足で歩を進めていた。

武士の名は蔵前伸輔《くらまえしんすけ》。

信濃国《しなののくに》の小藩、那奈原《ななはら》藩の江戸屋敷に詰める馬廻《うままわ》り役で、歳は二十七。編笠から覗《のぞ》く鋭《するど》い目つきと引き締まった筋肉、そして無駄のない身体《からだ》の運びは、この男が相当の剣の遣い手であることを物語っている。

蔵前は、自分の前を歩く三人の旅人に注意を払っていた。

商人の恰好《かっこう》をしているが、時々振り返ってこちらを見る顔はどこかで見たような気がする。江戸屋敷の者であればわかるが、国元となると、いくら四万石の小藩とはいえ、知らぬ顔もある。

彼らは蔵前と一定の距離を保《たも》ち、決して近づこうとはしない。だが、かといって、遠ざかりもしなかった。

——まったく、しつこい。

大宮《おおみや》宿を出たところで襲ってきた四人は呆《あき》れるほど弱腰だった。剣の柄《つか》に手をかけただけで二歩も三歩も後ずさりする始末。だが、彼らを斃《たお》すことは、今やるべき仕事ではない。無用な戦いは避けるよう、朋輩《ほうばい》からも厳しく戒《いまし》められている。武士としては歯ぎしりするほど悔《くや》しいが、ぐっと我慢して鯉口《こいぐち》は切らず、彼らを振り切って山中に分け入った。そこで雨に打たれ、ようやく中山道に戻ってきたのだ。

前方の男たちに注意しながら一里ほども歩くと、日差しが戻ったせいか、着物はほぼ乾いてきた。

長く緩《ゆる》やかな坂道を登り切り、一息ついた蔵前は、後ろを振り向いた。

――ほう……。

眼下は一面の菜の花畑だ。

雨上がりの空にはうっすらと虹も出ている。

そんなのどかな田園《でんえん》風景に見とれたふりをしながら、徐々に歩を緩める。

やがて足を止めたが、前を歩いている男たちは、別に蔵前を待つでもなく、そのまま歩いていった。

――気のせいだったか……？

緊張が緩むと喉《のど》が渇《かわ》いてきた。腹も減った。

少し先に団子と書かれた赤い小さな幟《のぼり》が見える。

茶屋だ。

那奈原城下まであと六日あまり。早足で歩いてしまったが、本来、この旅は急ぐものではない。ゆっくりと時間をかけ、だが確実に国元に辿《たど》り着くことが肝要《かんよう》なのだ。

縁台に腰を下ろした蔵前は、茶と一緒に団子を注文した。

空腹のせいもあって、甘辛い団子はこのうえなく美味《うま》かった。

喉の渇きが癒《い》え、腹が満ちると、気力もまた充実してくる。

――では、行くか。

金を置き、立ち上がった蔵前は、袴《はかま》をぱんと叩き、再びしっかりとした足取りで歩き始めた。

午後になると、空は晴れ渡り、気温も上がってきた。

水の張られた田のあぜ道では子供たちが走り回っている。

その姿に頰《ほお》を緩めながらも、目は油断なく左右を覗《うかが》う。

周囲に怪しい人影は見当たらない。

――今日は襲ってこない気か？

やがて日は傾《かたむ》き、夕刻。あと一里ほどで鴻巣宿《こうのす》だ。

日が長くなってきたとはいえ、この時刻になると、さすがに薄暗い。

もうひと踏ん張り、と思った矢先《やさき》、街道の脇で人影が動いた。

蔵前は咄嗟《とっさ》に後ろに跳び、刀の柄を握《にぎ》った。

――奴らか？

蔵前の体から凄《すさ》まじい殺気が放たれる。

それに驚いた人影は「ひっ」と声を上げ、座ったまま後ずさりした。

若い女だ。

挫《くじ》いたのか、片足を痛そうに引き摺《ず》っている。

――なんだ、女か……。

止めていた息を一気に吐いた蔵前は、柄から手を離し、警戒心を解《と》いた。

「どうなされた？」

「足を……、挫いてしまって」

腰をかがめて足首を触ってみると、確かに赤く腫《は》れている。

「これは酷《ひど》い。いつ挫かれた？」

「先ほど、道の窪《くぼ》みに足を取られてしまいまして」

「足を挫いた後も、無理をして歩かれたな？」

女は頷《うなず》いた。

「とにかく、鴻巣宿までは辿り着こうと思いましたもので……」

面倒《めんどう》なことになった。

ただの旅ならまだしも、いつ刺客に襲われるかわからない道中だ。怪我《けが》人は足手まといにしかならない。しかし、そろそろ旅人も絶える時間。放っておけば野犬に襲われるかもしれない。

迷った挙句《あげく》、蔵前は女に言った。

「鴻巣宿は近い。そこまで参りましょう」

「でも、それではご迷惑が……」

言い終わる前に、蔵前は女の脇に自分の肩を入れ、細い体を持ち上げていた。

「痛……」と女が顔を歪《ゆが》める。

「少しの間、辛抱《しんぼう》なされよ」

有無《うむ》を言わさず歩き出したが、女はたちまち膝《ひざ》を折り、その場に頽《くずお》れた。

「すみません。無理です。どうか、ここへ捨て置いてください」

「そういうわけにはゆかぬ」

蔵前は腰を下ろし、女と逆の方向を向くと、背に乗れと促《うなが》した。

「でも……」

「躊躇《ちゆうちよ》している場合ではなかろう。恥ずかしいかもしれぬが、これしか方法はない」

それでも女はもじもじしていたが、「早くなされよ」という言葉に押されるように、蔵前の逞《たくま》しい背中に身を預けてきた。

立ち上がってみると、思っていたよりずいぶん軽かった。

これなら鴻巣宿まで難なく行けそうだ。

歩きながら、蔵前は訊《き》いた。

「女の一人旅とは、なにか御事情が？」

「父が病に臥《ふ》せったという知らせを受け、奉公先からお暇《いとま》をいただき、帰る途中です」

「そうか。では一刻も早くお父上に会いたいだろうが、その足では無理だ。鴻巣宿でゆっくり静養するしかなかろう」

哀《あわ》れな女だと思いながら、蔵前はすっかり暮れてしまった街道を歩いた。

しばらく進んだところで前方の木の葉が揺れた。

――……？

次の瞬間、数人の武士が脇道から飛び出してきた。

足を止め、「何者だ？」と声を上げる蔵前。

答えはない。

目を凝《こ》らして見ると、顔を頭巾《ずきん》で覆《おお》っているが、背恰好は蔵前の前を歩いていた商人に似ている。

「やはり、渕上《ふちがみ》の手のものであったか……」

那奈原藩次席家老、渕上新衛門《しんえもん》。体調を崩した筆頭家老の甘利重徳《あまりしげのり》に代わり、藩の財政を一手に握る実力者で、〈体制派〉と呼ばれる派閥《はばつ》の首領だ。財政難に苦しむ藩を救おうとする蔵前たち〈改革派〉の敵である。

男たちは鯉口を切っていた。

急に巻き起こった疾風《しっぷう》とともに雲が切れ、月明かりの下で四本の抜き身が煌《きら》めく。


——四人か……。

女を抱えていては逃げることもままならない。

斬り合いを覚悟した蔵前は、背負った女に声をかけた。

「少しの間、下りていてくれ」

だが、怯《おび》えきった女は下りるどころか、力まかせにしがみついてくる。

「これでは戦えぬ。おぬしにも危害が及んでしまうぞ」

女は一向に下りようとしない。それどころか、身体を締め付ける力の強さは増すばかりだ。

蔵前の脳裏《のうり》を嫌な予感が過《よぎ》る。

「おぬし……」

まるで蛭《ひる》のように背中にへばりつく女は、刀の柄に掛けようとした蔵前の手を、挫いていないほうの足で払いのけた。

——仲間だったか……！

自由にならない体でもがきながら、蔵前は突進してくる四人に向き直った。

一人目が渾身《こんしん》の力で刀を突き出す。一歩引いてそれを見切った蔵前は、身体をねじって二人目に背を向けた。女を盾《たて》にしたのだ。卑怯《ひきょう》だが、そんなことに構っている余裕はない。

正面にきた三人目を睨《にら》みながら、力ずくで女の足を柄から外し、刀を抜いた。

——このまま行く！

蔵前は女を背負ったまま突進した。

いつもの半分も動けないなか、強引に振りかぶって袈裟《けさ》懸《が》けに振り下ろした刀は、相手の肩から入って半身を切り裂いた。

夜空に絶叫《ぜっきょう》が響く。

——まず一人。

続けて二人目だ。摺《す》り足で前に出る。相手はその分退いた。切っ先が小刻みに震えている。戦う前から気圧《けお》されているようだ。

完全に相手を呑《の》んだ蔵前は、右足で地を蹴《け》って跳躍《ちょうやく》し、目にもとまらぬ速さで腕を伸ばした。稲妻《いなずま》の如《ごと》き突きだ。相手はそれを払うことができず、自分の体に食い込む剣をただ見つめるだけだった。

突き刺さった刀を抜くと、傷口から鮮血が噴き出した。

あと二人。

即座に体を回転させると、しがみつく女を相手の一人に向け、もう一人と向き合う。

女は力任せに爪を食い込ませ、背中はすでに血だらけになっていたが、それでも足りないとばかり、今度は肩に嚙《か》み付いてきた。

思わず体を揺する蔵前。

その瞬間、女の絶叫が夜の闇を引き裂《さ》いた。

同時に、蔵前の背中から腹にかけて、火箸《ひばし》で貫《つらぬ》かれたような激痛が走った。

——なに……？

信じられない思いで視線を下げると、血に染まった切っ先が腹から突き出ている。

――まさか、女ごと刺したのか？

目を上げる。

四人目の刺客が上段に振りかぶるのが見えた。

その刀が振り下ろされる。

ドンという衝撃。

肉と骨を断《た》ち切られ、蔵前の身体から急激に力が抜けていった。

自分の身体がふらつき、背中の女と一緒に頽れていくのがわかる。

地面に叩きつけられ、意識が遠のいていくなか、刺客たちの会話が耳に入ってきた。

「女には可哀相《かわいそう》なことをした」

「仕方なかろう。俺たちの腕では、蔵前を仕留《しと》めるのは無理だった。女も、父親の薬代《やくだい》と引き換えにこの役を引き受けたのだ」

「その薬を届けられなくなるとは、思ってもいなかっただろうがな……」

遠くで人の騒ぐ声が聞こえる。

「まずい。人が来た。行くぞ！」

走り去る男たちの慌《あわ》ただしい足音。

最期の力を振り絞って首を回すと、血溜《ちだ》まりのなかで息絶えた女の恨《うら》めしそうな目がこちらを見ていた。

蔵前の意識は、ここで完全に途絶《とだ》えた。

第一章　替え玉屋

一・弥生《やよい》十八日　中山道　鴻巣宿

よく晴れ渡った空に雲雀《ひばり》が舞っている。

そろそろ日も高くなってきた頃、関東取締出役《かんとうとりしまりしゆつやく》、俗に言う八州廻《はつしゆうまわ》り（＝関東地方の治安維持強化を目的として創設された警察組織）配下の手代、河北助左衛門《かわきたすけざえもん》は、酒臭い息を吐きながら、番所の土間で男と女の死体の検分を始めた。

死体が発見されたのは昨夜遅くだったが、いつもどおり深酒して寝入ってしまった助左衛門を呼ぼうとする者はいなかった。極度に寝覚めの悪いこの男を起こしでもしたら、何をされるかわかったものではない。

その助左衛門が、首の辺りを掻《か》きながら番屋の奥から出てきたとき、夜はすっかり明けていたというわけだ。

助左衛門は十手で男の着物を剝《は》がしながら呟《つぶや》いた。

「妙だな……」

男の命を奪ったのは右肩から袈裟懸けに斬られた傷であることは明らかだ。だが、その前に背中から腹に向けて刺されている。奇妙なのは、女も背中から刺されており、その傷跡がそっくりなことだ。

隣に控える小者《こもの》の六兵衛《ろくべえ》も首を傾《かし》げた。

「どういうことでしょう？」

「抱き合っていたところを刺されたのなら、どちらかの傷は腹から入って背に抜けているはずだ。だが、そうはなっていねえ」

「ということは、男が女を庇《かば》って背中に覆《おお》い被《かぶ》さったってことですか？」

助左衛門は首を振った。

「傷は女のほうが若干《じゃっかん》大きい。刀は女の背から入り、切っ先が男の腹から抜けたってことだ」

「女が男を庇った？」

「それほど男に惚《ほ》れていたってことか？」

「羨《うらや》ましい限りですね」

助左衛門はにやりと笑うと、突然立ち上がった。

「まあ、どうでもいいや。辻斬りに斬られたってことにしておこうぜ」

——またかよ……。

六兵衛は眉《まゆ》をひそめた。

この助左衛門、けっこういい洞察力《どうさつりょく》を持っているし、勘《かん》も鋭《するど》い。本来、このような所で燻《くすぶ》っている男ではないのだ。にもかかわらず、いつもいい加減なところで仕事を放り出し、飲みに行ってしまう。

「朝飯がわりに一杯引っかけようぜ」

十手を帯に挟んで番所から出ようとしたき、突然、目の前に大きな壁ができた。

いや、そう言っても過言ではないほど立派な体格の武士が立ち塞《ふさ》がっていた。

背丈は六尺（約一八二センチ）はあるだろうか。太い腕にいかり肩。顎《あご》にいたっては、薪《まき》でも噛《か》み砕《くだ》けそうにごつい。

「なんだ、てめえは？」

行く手を遮《さえぎ》られた助左衛門が不機嫌《ふきげん》そうに下から見上げると、その武士は、風貌《ふうぼう》には似合わぬ謹厳《きんげん》な物腰で頭を下げた。

「旅人から話を聞き、もしやと思って駆けつけました。拙者《せっしゃ》、那奈原藩江戸屋敷詰めの勘定方《かんじょうがた》、田之上内蔵助《たのうえくらのすけ》と申します」

「那奈原？」

聞き慣れない藩名を口にしながら、助左衛門は土間の遺体のほうに顎をしゃくった。

「この二人に心当たりでもあるのかい？」

「それを確認させていただきたいのです。遺体を拝見しても宜《よろ》しいか？」

面倒ではあるが、拒否《きょひ》する理由もない。助左衛門は不承不承《ふしょうぶしょう》ながらも頷《うなず》いた。

腰をかがめ、遺体にかけられた筵《むしろ》をめくった瞬間、田之上の口から呻《うめ》き声が漏《も》れた。

「蔵前……」

「知り合いか？」

「この男の名は蔵前伸輔。朋輩でござる」

「ほう、早くも身元が割れたかい」

田之上は遺体に向かって掌《てのひら》を合わせ、瞑目《めいもく》した。

その指先は小刻みに震えている。

——おぬしほどの剣客《けんかく》が、なぜむざむざと……。

長い合掌《がっしょう》を解いた田之上は、ゆっくりと立ち上がると、助左衛門に向き直った。

「いかがでしょう？　この二人の亡骸《なきがら》をお引き渡しいただけませんか？」

六兵衛はちらりと助左衛門を見た。さきほど、辻斬りの仕業《しわざ》という結論を出したばかりだ。二つ返事で承諾《しょうだく》するに違いない。いや、そうして欲しい。そうすれば遺体の処理という面倒な作業がなくなる。

だが、助左衛門は黙って空を見つめたままだ。

——さては……。

六兵衛は心のなかで苦笑いした。この手の話になったときの頭の回転の早さにおいて、鴻巣宿で助左衛門の右に出る者はいない。

案の定、助左衛門は田之上を睨《にら》み返した。

「遺体は明らかに刀で斬られている。事件性がある以上、このまま引き渡すわけにはゆかぬな」

いつの間にか、言葉遣いまでが変わっている。

田之上は頷いた。

「それは、貴殿のおっしゃるとおり」

そして、声を落として続けた。

「実は、この蔵前という男、剣の腕はからっきしのくせに無類の女好き。この遊女と駆け落ちしたはいいが、追っ手のやくざ者に斬られてしまったというのが落ちでしょう。この事実が外に漏れるのはお家の恥。なんとか穏便《おんびん》に済ませたい」

女は遊女には見えない。作り話であることは明らかだ。にもかかわらず、助左衛門は大げさに驚いてみせた。

「なんと。武士の風上《かざかみ》にも置けぬ奴……」

田之上はひたすら頭を下げる。

「申し開きの余地もござらぬ。しかし、この男も、家中ではそれなりの家柄の者。こやつが江戸屋敷から失踪《しっそう》した後、拙者は上役の命令で後を追って参った次第。ここは武士の情《なさけ》で見逃してはいただけぬか?」

そっと紙包みを差し出す田之上。助左衛門は素知《そし》らぬ顔でそれを受け取り、袖《そで》の下に放り込んだ。これで儀式は終わりだ。今日の酒代ができた。

「そこまで仰《おお》せであれば、いたしかたない。特別に目を瞑《つむ》ろう」

勿体《もったい》ぶって言うと、六兵衛に目配せする。

一も二もなく頷いた六兵衛は、田之上に向かってひょこっと頭を下げ、助左衛門に続いて番所を出ていった。

――木《こ》っ端《ぱ》役人が……。

心のなかで吐き捨てながら二人を見送った田之上は、番所の外で待っていた下働きの男たちに金を渡し、蔵前と女の遺体を鴻巣宿の外れの小屋まで運ばせた。

遺体を運び終わり、金を受け取った男たちは、頭を下げて小屋から出ていった。

それを見届けた田之上は、「おい」と声を上げた。

小屋の奥の襖《ふすま》がからりと開く。

中から出てきたのは若い男だ。歳は二十五前後。着物は着流し。頭は、月代《さかやき》こそ剃《そ》っているが、鬢《びん》と髱《たぼ》をふっくらとさせた流行の髷《まげ》。粋《いき》な若衆といった風情《ふぜい》である。

男は、土間に横たわっている遺体を見た。

「これが、蔵前様で？」

「左様」

男は「ふーん」と頷くと、手に持った煙管《キセル》を回しながら土間に下りた。腰をかがめて蔵前の顔を覗《のぞ》き込む。そして、少し首を傾げた。

「どうした？」

「いえ、別に……」

さらに顔を近づけて細部を観察し、後ろに下がって全体を俯瞰《ふかん》する。

「どうだ？」

「藩きっての剣客とお聞きしておりましたので、田之上様よりごついおかたを想像していたのですが、存外、華奢《きやしや》なんですね」

田之上は苦笑した。

「拙者よりごつい男なぞ、そうはおるまい」

そう言っている間にも、男は遺体の前に片膝を突き、やにわに着物の胸をはだけた。

「おい！」田之上が声を荒らげた。「もっと丁重《ていちよう》に扱え」

「おっと、おっかねえ」

男は、首をすくめながら、蔵前の肩甲骨《けんこうこつ》のあたりを指さした。

そこには、爪の食い込んだような痕《あと》があった。よほど力を入れたらしく、周囲にはべっとりと血が付着している。

「蔵前様は女をおぶっていたところを襲われたんじゃねえですか？」

「なぜ、そのようなことに？」

男は女の足首を指した。

死後時間が経《た》っているため、よく判別はできないが、確かにそこだけ膨《ふく》れているように見える。

「なるほど。足を挫いた女をおぶってやったのか。で、女を守るためにそのまま戦ったと？」

「女を守るなら、まずは地面に下ろすはずです」

「怯《おび》えて、しがみついていたのでは？」

男は爪痕《つめあと》の周りを指した。

「そんなことじゃ、ここまで深い爪痕はつかねえ」

田之上は傷痕を見た。

「たしかに酷《ひど》い。それに、これは歯形ではないか？」

そこには、皮膚に食い込んだ歯の痕がくっきりと残っていた。

「女は、戦おうとした蔵前様の邪魔をしたのでしょう」

「なんだと?」田之上は眉をひそめた。「では、なぜ女まで殺された?」

「何か事情があって、敵に利用されたんじゃないでしょうか?」

「そうとは限るまい。くノ一かもしれぬ」

振り返った男は思わず噴き出した。

睨みつける田之上。

「いや、失礼。ですが、この女、戦い方のいろはも知らねえ素人《しろうと》ですぜ」

「なぜわかる?」

「着物の上からでも一目瞭然《いちもくりょうぜん》だ。戦うための筋肉なんて、これっぽっちも付いちゃいねえ」

「本当か?」

「なんなら、この女の着物をひっぺがしましょうか?」

田之上は慌てて手を振った。「いや、それには及ばぬ」

「まあ、それがいいでしょう。死んで裸に剥《む》かれたんじゃ、可哀相《かわいそう》だ」

「もう良い。それ以上言うな」

田之上は女の遺体に近づくと、深々と頭を下げ、改めて手を合わせた。

そのぎこちない動作を見ながら、男は床に腰を下ろし、ゆっくりと煙管を燻《くゆ》らせる。

合掌を解いた田之上が男に目を向けた。

「どうだ、なんとかなりそうか？　替え玉屋の慎三《しんぞう》」

二．弥生十六日　江戸　深川《ふかがわ》

時は二日ほど遡《さかのぼ》る。

深川で髪結《かみゆ》いを営《いとな》む慎三の店に、懇意《こんい》にしてくれている両替商、桔梗屋《ききようや》の主人、惣兵衛《そうべえ》が訪ねてきた。

両替商とは、文字通り、金・銀・銅の交換を生業《なりわい》としている商人のことだ。だが、時が経つにつれ、豊富な手元資金を使って金融業を営むようになった。

その御多分に漏れず、桔梗屋も金貸しを行う。地方の大名たちに、その地方の特産品を江戸へ運んで売り捌《さば》く販路を紹介し、商売を立ち上げるための資金を貸し付けているのだ。

商売が上手《うま》く行けば、大名と桔梗屋、そして特産品を扱う問屋のすべてが儲《もう》けにありつける。近江《おうみ》商人の言うところの〈三方良し〉だ。

もちろん、商売に危険はつきものだが、そこは抜け目がない。大名が持つ金山、銀山や銅山、塩田《えんでん》の利権から、それがなければ先祖代々伝わる鎧兜《よろいかぶと》の類《たぐい》に至るまで、金目のものは全て担保《たんぽ》に取り、決して貸し倒れのない仕組みとしている。

「突然ですみませんね」

大黒様のように福々しい顔で笑う惣兵衛の脇には、まさに岩のようなという形容が相応《ふさわ》しい、ごつい体つきの武士が立っていた。

「こちらは、手前どもが出入りさせていただいております那奈原藩江戸屋敷の勘定方、田之上内蔵助様です」

惣兵衛が来ることは聞いていたが、人を連れてくるとは思っていなかった。それも侍とは……。だが、来てしまった客を追い返すわけにもいかない。

慎三は苦々しい表情で頭を下げると、二人を奥の部屋に通した。

座敷に通され、窮屈《きゅうくつ》そうに膝を折りたたんで座った田之上は、軽く頭を下げると、いきなり本題に入った。

それは、ある武士の替え玉を作って欲しいという依頼だった。

隣に座っている惣兵衛が慌てて口を挟んだ。

「慎三さん、あなたの〈替え玉屋〉という裏稼業《かぎょう》についてはすでにお伝えしています」

小さく眉をひそめる慎三。

それを見た惣兵衛は、「ご懸念《けねん》には及びません」と手を振った。「この田之上様は信頼に足るおかた。今回の件については私が全ての責任を持ちます」

そして、田之上に膝を向ける。

「田之上様、事情がわからないでは、慎三さんも判断のしようがないでしょう。私から事の経緯《いきさつ》をお話しししても宜しいですか？」

田之上はごつい顎を引くように頷いた。

「他言無用という条件ならば、良い」

「その点はご心配なく」

そう請《う》け合うと、惣兵衛は説明を始めた。

「昨日、那奈原藩江戸屋敷詰めの馬廻り役、蔵前伸輔様が江戸を発《た》ち、国元へ向かわれました。表向きの理由は江戸の最新情勢の報告ですが、その真の目的は、次席家老の渕上新衛門様が行っている備蓄米《びちく》の横流しという不正行為を、藩主の那奈原資盛《すけもり》様に報告することでした」

この事件の背景を知るには、少し詳細な説明が必要になる。

那奈原藩は信濃国の小藩で、石高は四万石。元禄《げんろく》十八年（一七〇五）に武蔵国《むさしのくに》菅沼《すがぬま》藩から転じ、那奈原重信《しげのぶ》が一万八千石を与えられたことに始まる。

資盛は江戸屋敷で生まれ育ったが、父の武盛《たけもり》の急死により、二十三歳という若さで帰国して藩主となったばかりだった。

那奈原藩には三人の家老がいる。

四万石の小藩に三人とは過大だが、六十二歳になる筆頭家老の甘利重徳は体調を崩して登城できないため、実質的には五十一歳の次席家老の渕上新衛門と、四十八歳になる三席の高杉末光《たかすぎすえみつ》の二人が藩政をこなしていた。

筆頭家老の甘利は、武田二十四将と呼ばれる武田家臣団の一つである名門、甘利家の血を引き、那奈原藩に仕《つか》えて以来の世襲制の永代《えいたい》家老だ。しかし、渕上と高杉は、功績を認められて就任した一代家老（＝一代限りで世襲しない家老）だった。

渕上は、江戸詰めの留守居役として幕閣との人脈を形成した功績で家老に抜擢《ばってき》され、高杉は郡奉行《こおりぶぎょう》時代に藩内の養蚕業《ようさん》の発展に尽くした功績で家老となった。

その経歴からもわかるとおり、渕上と高杉は得意分野が異なる。渕上は外交に強く、高杉は殖産《しょくさん》に強い。内政は甘利が担当してきたが、体調の悪化により、職務を全《まっと》うすることが困難になった。しかも、跡継ぎが次々と早世し、家督を継ぐべき四男の甘利政紀《まさのり》はまだ十歳だ。

ここで、田之上が話を引き継いだ。

「野心家の渕上は、甘利様の体調が優《すぐ》れないと知るや、筆頭家老の地位を奪い取るべく動き始めた。江戸詰め時代に築き上げた幕府人脈へ付け届け攻勢をかけ、筆頭家老の後任人事への口添えを依頼する一方で、国元では、側用人《そばようにん》らを懐柔《かいじゅう》して一大派閥《はばつ》を形成した。この派閥を〈体制派〉と呼んでいる」

「しかし、金なしでは人が動かないのは世の常でございますな」と惣兵衛が引き取った。「幕閣への付け届けには特に金がかかります。また、〈体制派〉の者たちにしても、金や地位を与えなければ、なびいてはこない。かくして、渕上様が手を染めたのが、藩の備蓄米の横流しによる裏金作りでした」

那奈原藩では、四年前の飢饉《ききん》で大勢の百姓が死んだ。先代の那奈原武盛は、新田開発によって実質石高を増やし、その一部を備蓄米として国元と江戸、そして大坂に置いた。

江戸と大坂に置いたのは、緊急の資金が必要となったときに、すぐに売却して金や銀に換えるためだ。

渕上は、自分の配下の者を大坂の蔵屋敷に配置し、そこで備蓄米の横流しを始めた。

その手法は巧妙《こうみよう》だった。

まず、息のかかった米の仲買人《なかがいにん》に、蔵の備蓄米の半分を密《ひそ》かに売却する。だが、代金と引き替えに渡すのは米ではなく、米切手と呼ばれる証券だ。仲買人は、米切手に記載されている期限を経過すると、いつでも米と交換できる。しかし、その期限は工夫され、藩の勘定方による定期的な棚卸《たなおろ》し検査の後に設定されていた。そのため、勘定方の検査では、米蔵には帳簿どおりの石数の米が存在しているのだ。

当然、米切手は那奈原藩の発行する正規のものではなく、〈体制派〉と仲買人との間だけで流通する、いわば裏の米切手だった。その分、割引率は高く、受け取る現金は額面の七割程度にしかならないが、〈体制派〉の売却する米は元手が無料《ただ》なのだから、痛くはない。

　ちなみに、備蓄米はずっと同じものが保管されているわけではなく、定期的に入れ替えられる。

　国元から新米が運ばれてくると、備蓄米の半分が先入れ先出し法で蔵から出され、仲買人に売却される。仲買人は米を蔵から運び出すが、実は、それは売却された米ではなく、〈体制派〉が発行した米切手と交換される米なのだ。しかし、米に色はないため、勘定方にはわからない。

　この仕組みでは、仲買人は同じ米に対して二回の支払いを行うことになる。一回目は〈体制派〉の発行する米切符を買う時、二回目は定期的に蔵出しされる正規の米を買い取る時。一方、米を手にするのは米切手と交換する一回だけ。二回目の支払いで受け取るものはないので、こちらは那奈原藩への貸付ということになる。すなわち、毎年、米を庫出しして売却する度《たび》に藩の借金が増えるのだが、こちらも藩の勘定方にはわからない。

　ただ、渕上とて馬鹿ではなく、この借金の返済については当てがあった。三席家老の高杉の尽力《じんりょく》により、近く、新しい銅山からの銅の採掘が本格化する。その銅の売却代金を借金の返済原資にするつもりだ。そのためには、早く藩政の全権を掌握《しょうあく》する必要がある。

大坂と同じ手法での米の横流しは江戸でも行われたが、ここで綻《ほころ》びが生じた。証券を使った米取引の中心は大坂であり、そこと同じ手法を江戸で使うことに無理があったのだ。

田之上が話を引き取った。

「我々〈改革派〉は、〈体制派〉の幹部と江戸の米問屋《こめどんや》とのやりとりに不審を抱き、密かに調査を進めてきた。すると、米切手の割引率に関して米問屋と揉《も》めていることがわかった。〈体制派〉が米の横流しを行っていることは確かなのだ。しかし、その決定的な証拠を摑《つか》むまでには至っていない」

反渕上派の〈改革派〉は少数であり、首領格の家老もいない。頼みとするのは三席家老の高杉なのだが、高杉は、殖産には熱中するが、内政にはあまり興味がないらしく、渕上の横暴に対して沈黙を保っている。敢《あ》えて〈改革派〉の頭目を挙げるとすれば、勘定奉行の菅原大膳《すがわらだいぜん》ということになるのだろう。

慎三は相変わらず黙っている。

――こやつ、本当に聞いているのか？

眉をひそめる田之上に代わり、惣兵衛が補足した。

「不正の決定的な証拠が摑めていないなか、なぜ蔵前様が江戸を発たれたのかと申しますと、田之上様たちの動きに感づいた〈体制派〉が本腰を入れて妨害《ぼうがい》に出始めたからでございます。そのため、蔵前様は、米の横流しの証拠を摑んだと見せかけ、その報告のために国元に向かうことで〈体制派〉の関心を引き、田之上様たちを動き易《やす》くしようとなさったのです」

「蔵前は、藩主の資盛様の幼少時の剣術指南役だ」と、田之上が付け加えた。

「そのため、殿の信頼はことのほか厚い。蔵前の言うことであればきっと耳を傾けて下さる」

「逆に言えば、〈体制派〉にとっては大きな脅威《きょうい》ということです」と惣兵衛。

「そのとおり」と田之上が頷く。「奴らはなんとしてでも蔵前の国入りを阻止《そし》するだろう。いくら蔵前が藩きっての剣客とはいえ、大勢でかかってこられたら勝ち目はない。困った拙者は、取引のある桔梗屋の惣兵衛殿に、腕の立つ浪人の紹介を依頼した。金を扱う商売柄、桔梗屋の奥には用心棒の浪人が控えていることが多い。それなりの伝手《つて》もあるだろうと思ったからだ」

惣兵衛が話を受けた。

「私はすぐにご浪人を紹介しました。いずれも腕に覚えのある方ばかりでしたが、それを知った蔵前様は激怒されました。馬廻り役といえば御殿様の護衛役。それが浪人者の助けを借りたとあっては面目《めんぼく》が立たぬと申されるのです。そこで、私はある提案をさせていただきました」

惣兵衛の提案とは、蔵前の替え玉をあちらこちらに出没させて相手を混乱させ、その隙《すき》に本物の蔵前に国元に向かわせるという奇想天外なものだった。

そんなことができるのかと問う田之上に、惣兵衛は〈替え玉屋〉という商売をしている男のことを口にした。当の惣兵衛が依頼し、その腕前に惚れ込んだというのだ。

「さすがに拙者は躊躇《ちゆうちよ》した」と田之上。「策として奇抜すぎるうえ、そもそも〈替え玉屋〉などという商売は胡散臭《うさんくさ》い。ところが、そうこうしているうちに、待ちきれなくなった蔵前は江戸を発ってしまった。慌てた拙者は桔梗屋に駆け込み、惣兵衛殿に〈替え玉屋〉を紹介して欲しいと頼み込んだ次第」

長い話がようやく終わり、惣兵衛が締めた。

「というわけで、本日、この田之上様をお連れしたわけです」

ここまで黙って話を聞いていた慎三は、燻らせていた煙管を口から離すと、ぽんと煙草盆の灰吹きに叩き付けた。

──ああ……。

これは難しいか、と惣兵衛は思った。この仕草《しぐさ》をするときはたいてい機嫌がよくない。

案の定、慎三は渋い表情で切り出した。

「経緯はわかりましたが、なんだかややこしいお話だ。正直、あまり巻き込まれたくはありません」

田之上のこめかみが動いた。

「ここまで話をさせておいてか？」

「そちらが勝手にお話しになったんじゃございませんか？」

「まああ」と惣兵衛が割って入った。「田之上様、申し訳ございません。相手がお武家様だと、なぜか妙に喧嘩《けんか》腰になってしまうところがありまして……」

惣兵衛は神妙な顔で頭を下げた。

「慎三さん、私の顔を立ててると思って、もう少し話を聞いてくれないかい？」

慎三は困ったという表情をした。

惣兵衛とは、三年前、死んだ弟の替え玉作りを引き受けたとき以来の付き合いだ。それを恩に着た惣兵衛は、その後、髪結いの客を次々と紹介してくれるようになった。また、店の拡張資金も低利で融通してくれた。慎三の髪結い床の繁盛《じょう》は惣兵衛の支援によるところが大きい。そんな惣兵衛の頼みを無下《むげ》にするわけにもいかない。

渋々ではあるが、慎三は田之上に視線を戻した。

「で、その蔵前ってお方は、今どこに?」

――なんという口の利き方……。

田之上は気が短い。いつもならここで席を蹴《け》るところだが、なにぶん今は状況が切迫している。軽い咳払《せきばら》いで気持ちを鎮《しず》めると、口を開いた。

「大宮宿を発ったという知らせが飛脚《ひきゃく》便で届いた」

「なるほど。となると、あと六日もすれば国元に着いちまうわけだ」

「左様」

「で、肝心《かんじん》の証拠探しは?」

ふてぶてしいうえに、人の急所を突くのが上手《うま》い男だ。

田之上は苦虫を噛《か》み潰《つぶ》したような顔で答えた。

「それは、おぬしの気にすることではない」

「その言い方からすると、進展はねえようですな」

言葉を返せない田之上の口がもごもごと動く。

「慎三さん」と、惣兵衛が慌てて割って入った。「少し言葉が過ぎますよ」

田之上は手を上げた。

「いや……。よいのだ、桔梗屋。慎三殿の言うことは正しい。ここまで来たらすべてを話すが、我々が手に入れる事ができたのは、この書付だけだ」

懐《ふところ》から取り出した紙を差し出す。

そこには〈夜久咲名葉之木〉という文字が記されていた。

「これをどこで？」

「江戸における〈体制派〉の頭目格に香月多聞《こうづきたもん》という男がいる。近く江戸詰めを終えて国元に戻る。後任は同じ〈体制派〉の下谷常晴《しもたにつねはる》。この書付は、引き継ぎの一環として、香月から下谷へ渡されたものだ。〈体制派〉に潜《もぐ》り込んだ仲間が密かに書き写した」

「身内同士の引き継ぎに、どうして暗号を？」

「所詮《しょせん》は宮仕《みやづか》えの武士の集まり。上が替われば形勢が逆転し、自分の立場が危《あや》うくなることもある。それゆえ、引き継ぐ側も引き継がれる側も、何とでも言い逃《のが》れのできる内容にする」

「なるほど。お武家様も大変だ。で、書付の意味は？」

田之上は首を振った。

「わからぬ」

「わからねえ？　それじゃ、たとえ無事に国元に着いたとしても、お殿様には何も報告できねえってことですか？」

「違う。蔵前は、たとえ証拠はなくても渕上の不正を殿に訴え、直々《じきじき》の取り調べを願い出たうえで腹を切るつもりだ」

「そりゃ、あんまりだ。米の横流しなんて、どこの藩でもやっていることじゃねえですか。そのために腹を切るなんて、馬鹿馬鹿しいにもほどがある」

「なんだと？」

田之上の目が飛び出しそうになった。

「おっと、やっと本性をお出しになりましたか？」

「貴様……」

手が刀に伸びる。

それを真《ま》っ直《す》ぐに見返す慎三。さすがに蒼《あお》くなった惣兵衛はおろおろと手を振るばかり。まさに一触即発《いっしょくそくはつ》だ。

だが、その緊張が頂点に達した時、田之上はふっと息を吐き、思い直したように刀から手を離した。

「おや、怒っていなさるんじゃやねえんですか？」

挑発《ちょうはつ》する慎三を、田之上は凄味《すごみ》のある目で睨み返した。

「確かに怒ってはいる。だが、この怒りはおぬしに対するものではない。渕上に対するものだ。我が藩では四年前の飢饉で多くの百姓が死んだ。備蓄米は、このようなことが二度と起こらぬようにとの願いを込め、先代が始めたものだ」

田之上の脳裏には、藩の記録に〈津々浦々《つつうらうら》、死人山のごとし〉と書かれることになった当時の情景が浮かんでいた。飢《う》えた領民を救おうにも、藩の米蔵は底を突き、一粒の米すらなくなった。隣国や大坂から必死に雑穀《ざっこく》を買い集めて領民に配給したが、とても間に合わない。そのうちに疫病《えきびょう》が蔓延《まんえん》し、体力のない年寄りや童《わらべ》たちはばたばたと倒れた。

「備蓄米は領民の命の糧《かて》。これを横流しするということは、領民の命を売っているも同然。他藩の米の横流しとは根本的に違うのだ。おぬしの言葉で、拙者はそれを再認識した」

「ほう……」

「領民のためにも、渕上たちを放ってはおけぬ。力を貸してはくれぬか？」

武士の体面をぬぐい去り、頭を下げる田之上。

しばらく考えた後、慎三は頭を掻いた。

「お武家様の権力争いに興味はありませんが、そのせいで罪のない領民が犠牲《ぎせい》になるってのは見過ごせませんな……。米の横流しで稼《かせ》いでいる米問屋も同じですが」

「では……」

「早とちりしないでください。まだ請けると決めたわけじゃない」

「どうすれば良い？」

この男、かなりしつこい。

慎三はしばらく天井を見詰めていたが、やがて、仕方がないといった風に切り出した。

「今からお伝えする条件を全て呑《の》んでいただけるなら、考えてもいい」

「条件とは？」

「仕事は一回きり。二度目はない。あたしに仕事を依頼したことは誰にも言わない。そして、仕事が終わった後は一切の接触を断《た》ち、赤の他人に戻る」

「よかろう」

「料金は前金として一両。替え玉の化粧が終わり、似ていると判断したら残りの四両。合わせて五両」

一両で米一石（二・五俵）が買える。五両とは大金だ。

「たかが替え玉作りに五両だと？」

「嫌なら結構」

「武士に頭を下げさせておいて、その言いぐさは何だ！」

「頭を下げられたのはそちらの勝手。あたしは商売でやっております。値段が折り合わないのなら、話はこれまでだ」

田之上は慎三を睨みつけた。

――こいつ、足下を見やがって……。

悔しいが、今は時間がない。それに、他に当てもない。

唇《くちびる》を噛んだ田之上は、ごつい顔を歪《ゆが》めながら頷いた。

「よかろう。そのかわり、蔵前の後を追うため、すぐに出発する。おぬし一人では蔵前の顔がわからぬであろうから、拙者も同行する。支度《したく》をしてくれ」

「そいつはご勘弁《かんべん》を。これから髪結いの仕事がありますので」

「断わってくれ」

「そう簡単にはいきませんよ」

「取り消しの詫《わ》び料はこちらで払う」

しばらく考えた慎三は、「まあ、いいでしょう」と頷いた。「だが、今から江戸を発っても、蔵前様に追い付けるのは鴻巣宿あたり。となると、戻ってこられるのは早くて三日後」

「無論、おぬしの旅費は払う」

「そりゃあたりまえだ」慎三は笑った。「あたしが言っているのは、不在中に来て下さる客のことです。どんな客も、初回はあたし自身が結うことにしていますんで……」

「髪結いはおぬしの本業。大切なことはわかる。だが、それで稼げる金は裏稼業に比べれば微々たるもの。なぜそこまでこだわる？」

「金だけの問題ではありませんので」

田之上は首を傾げた。

「髪結いをしながら誰かを待っている。いや、捜しているとでもいうのか？」

「そういうわけでは……」

「では、留守中に来るであろう客の分の料金も払う。それで勘弁しろ」

「まあ、仕方ねえでしょう」と、慎三は渋々頷いた。「それから……」

「いい加減にしろ。まだあるのか？」

「いえ、金のことではありません。肝心の替え玉役のことです」

「心配するな。背格好の似た人物を準備する」

「顔に癖《くせ》のある人はご勘弁ください」

「格好の男がいる。任せておけ。だが、化粧の出来がよくなかったり、本人に似ていなかった場合は、金は払わぬぞ」


その後も打ち合わせが続き、半《なか》ば強引に慎三に仕事を請けさせた田之上は、出発の待ち合わせ場所を決め、店を辞した。

帰路、惣兵衛は、慎三の不遜《ふそん》な態度について謝った。

田之上は笑って手を振った。

「気にするな。結局、仕事は引き受けてくれたのだ。水に流そう」

「そう言っていただけると助かります」

「ところで、あの慎三という男、本当に町人か？」

「え？」

「金に汚いことは確かだが、あの肝《きも》の据《す》わりようはただ者ではない」

惣兵衛はしばらく考えた。

「本人は過去のことを一切《いっさい》口にしませんので、私も詳しいことは存じません。ですが、私も、たまに田之上様と同じことを思うことがございます」

「ほう、どのような？」

「大げさな事ではございません。先日、一緒に茶を喫《きっ》した折、その作法がとても美しく見えました。ああいった身のこなしは、幼い時分によほど厳しく躾《しつ》けられなければ、身に付くものではございません」

「そうか……。だが、なぜ髪結いを？」

惣兵衛は即答できなかった。先代から髪結い床を引き継いだことは聞いている。だが、なぜ髪結いを志《こころざ》したのかまでは知らない。

しばし黙考する。

そういえば、髪結いをしながら誰かを探しているのか、という田之上の問いに、慎三は一瞬反応したように見えた。それはなぜか？

髪結いの客たちの顔を思い浮かべてみる。

女の髪形は流行《はや》り廃《すた》りが激しく、その変化についていける男髪結いは少なくなってきた。そのため、最近では女の髪は女髪結いが手掛けることが多いが、慎三は別格だ。様々な髪形を熟知し、客の好みどおりに結い上げる腕の評価はことのほか高く、客の殆《ほとん》どが女だ。

慎三が髪を結っているところを見たことがあるが、特段、変わったところはない。襟足《えりあし》を丁寧《ていねい》に剃ってくれるので髪を結った後の見栄《みば》えがいいと、客の一人が褒《ほ》めていたくらいのものだ。

——襟足ねえ……。

首筋の傷か痣《あざ》でも手掛かりにして、人を探しているとでもいうのだろうか？

考えてもわからない。

仕方なく、「生憎《あいにく》、慎三さんが髪結いになった理由までは存じません」と答えると、惣兵衛は話題を変えた。「それにしても、慎三さんが今回の仕事を引き受けてくれて、ようございました」

「あいつの仕事は単なる替え玉作りだぞ。本当に大変なのは不正の証拠を探すことだ」

物兵衛は穏《おだ》やかに微笑《ほほえ》んだ。

「慎三さんは全て心得《こころえ》ていますよ」

「なに？」

「替え玉屋とは、単に替え玉を作るだけの仕事ではございません」

「どういうことだ？」

「替え玉を使いながら、事件そのものを解決していく。まあ、そういったところでしょうか……」

「なんだと？　まさか、火付け盗賊の類ではあるまいな？」

物兵衛は笑いながら手を振った。

「違いますよ。その点は私が保証いたします」

「それならよいが……」

「恐らく、慎三さんが渋ったのは、この仕事がこれまでになく大きなものだと踏んだからでしょう」

「では、事件の解決を五両で請け負うということか？」

「いえ、それは無理でしょう」

田之上は眉をひそめた。

「いくら私が勘定方とはいえ、自分の裁量で払える金額は大きくはないぞ」

「ご心配なく。そのための桔梗屋です。いくらでもご用立ていたしますよ」

「おぬしら、まさか、つるんでいるのではあるまいな？」

「滅相《めっそう》もありません。貴藩には先代のお殿様の代から贔屓《ひいき》にしていただいております。その一大事を放っておけず、お助けしている次第。決して私利私欲のためではございません」

「まことか？」田之上は疑わしげな視線を向けた。

当然とばかりに頷く惣兵衛。

田之上はふっと笑った。

「まあ、良い。いずれにしても、こうなったら慎三の働きに期待するまでだ」

三　弥生十八日　中山道

田之上と慎三は早駕籠《はやかご》で江戸を発ち、蔵前の後を追った。

しかし、二人が追いつく寸前、蔵前は鴻巣宿近くで闇討ちに遭《あ》って命を落とした。その遺体が、今、目の前にある。

慎三は、先程から筆を執《と》り、紙の上に蔵前の顔を描き写していた。

それを見ていた田之上が訊《き》いた。

「丁寧に死に顔を描き写しているが、それで生前の顔を再現するのは難しいのではないか？」

「まあ、普通は無理ですね」

「では、なぜそう熱心に描いている？」

筆を止めた慎三は立ち上がり、描き上がった似顔絵を見せた。

田之上は目を丸くした。生前の蔵前そっくりだ。

「なぜ、描ける？」

答える代わりに、慎三は訊いた。

「那奈原藩の江戸屋敷は芝《しば》にあるのですか？」

「そうだ」

「蔵前様もそこに？」

「そのとおりだが、なぜそのようなことを訊く？」

「もしかして、以前にお会いしているかもしれねえと思いましてね」

「なんだと？　それはいつのことだ？」

「先月、仕事で芝に行った折、野菜売りの男の引く荷車が轍《わだち》に車輪を取られて立ち往生《おうじょう》しているところに出くわしました。運の悪いことに、そこに増上寺《ぞうじょうじ》参拝のお大名の一行が差し掛かりましてね。一行の露払いをする侍が駆けてきて、早くどけろと怒鳴ったんです」

「まあ、ありそうな話だな」

「だが、荷車は重くて男一人じゃどうにもならねえ。大名一行は迫る。怒鳴る侍は野菜売りの男を斬りかねない状況でした。すると、そこを通りかかった別のお侍がいきなり荷台に取り付き、押し始めたんです。それは凄い力で、荷台はゆっくり動き始めました。私を含め、近くにいた者も加わり、なんとか車輪は轍から抜け、荷車は道の脇に移動できました。台車を動かし終わったとき、そのお侍は、なんとも言えないいい笑顔であたしたちをねぎらわれたんです。礼を言うべきだったのは、あたしたち町人のほうだったんですがね」

「まさか、それが蔵前だったと？」

「わかりませんが、この似顔絵が生前の蔵前様にそっくりだというなら、そうだったのでしょうな」

「だから、蔵前の遺体を見たときに首を傾げたのか？」

「ええ。どこかで見た顔だと思いました」

「なるほど……。では、替え玉は作れそうなのか？」

「まあ、なんとかなるでしょう。ですが、ご本人が死んじまったんじゃ、替え玉を使うって策は意味がないのでは？」

「実は、拙者もそう思っていた」

「ほう。では、どうなさるおつもりで？」

田之上は、ごつい手でしばらく顔を撫《な》でていたが、やがて決心したように言った。

「こうなったら、替え玉に本人になってもらうしかない」

「どういうことです？」

「蔵前は生きていた。そういう噂《うわさ》を流し、替え玉に国元に向かわせる。その間に、我々が備蓄米の横流しの証拠を摑む」

その時、小屋の入り口の引き戸ががらりと開いた。

振り向くと、一人の若い武士が立っている。

「ああ、やっぱりここだった」

若者は、案内してくれた旅籠《はたご》の小僧に礼を言うと、田之上に向かって頭を下げた。

「久米春之助《くめはるのすけ》、ただいま到着いたしました」

春之助は田之上と同じ江戸屋敷の勘定方を勤《つと》めており、〈改革派〉の一員だ。歳は十九。色白で端整《たんせい》な顔つきだが、特に癖もなく、どちらかというと地味で、あまり印象に残らない。体つきは少し細いものの背は中背《ちゅうぜい》。こちらも特に印象に残るものではない。大勢のなかに混じると、たちまち埋没《まいぼつ》してしまいそうだ。

春之助を見た慎三は思わず声を上げた。

「なるほど。顔も体つきもまったく癖がねえ。これは適任だ」

事情が飲み込めない春之助は当惑《とうわく》した表情で訊いた。

「あの、何に適任なのでしょうか？　私はただ田之上殿の後を追えと言われて来たのですが……。それに、この男は？」

田之上は黙って手招きした。

不審そうな顔で近づく春之助。

田之上は土間に片膝を突くと、遺体にかぶせてあった筵をめくった。

春之助の顔から一気に血《ち》の気《け》が引いた。

「蔵前様……」

田之上は頷いた。

「見ての通りだ。蔵前は死んだ」

呆然《ぼうぜん》と立ち竦《すく》む春之助に、田之上は慎三を紹介し、替え玉作りを依頼した経緯を説明した。

春之助は目を瞬《しばたた》かせながら訊いた。

「しかし、肝心の蔵前様が亡くなっては、この策はすでに失敗ではないですか？」

田之上は首を振った。

「いや、そうでもない」

「他に手があると？」

少し間を置き、田之上は答えた。

「おまえが蔵前になるのだ」

「はあ？」

替え玉が敵の関心を引いているうちに本物が国元を目指す。それが策の肝《きも》のはず。替え玉自身が国元を目指してどうなるのだ？

春之助が呆《ほう》けたように立ち尽くしている間にも、慎三は無遠慮に目を近づけ、その顔や体をじろじろと見回している。

「上半身の筋肉の付き方には不満がありますが、背丈や顔の骨格からみて、これほどの適任はいませんね。薄い胸板はさらしを巻けばごまかせるでしょう」

春之助は慎三を睨み返し、田之上に抗議した。

「替え玉なんて無理です。たとえ見た目を似せられたとしても、私は剣の腕はからっきしです。すぐに斃《たお》されてしまいますよ」

「おまえが連中の目を引きつけてくれれば、我々がきっと不正の証拠を見つける」

「ですが……」

二人の会話を聞いていた慎三は面白《おもしろ》そうに笑った。

「お侍にもいろいろな方がいらっしゃるんですね」

「なに？」と春之助。

「百姓は米を育て、町人は商売で金を稼ぐ。だが、お侍様は何も育てず、何も稼がねえ。それでも威厳《いげん》を保てるのは、何事にも命をお賭《か》けになるからだ。そうじゃありませんか？」

春之助は、何をいまさらといった表情で頷いた。

「いかにも」

「そのお侍が命を惜しむってのは、どうですかね」

「なんだと？」

春之助は挑《いど》むように前に出ると、いきなり慎三の胸ぐらを摑んだ。

「もう一回言ってみろ」

「弱い町人を虐《いじ》めて威厳を保つおつもりですか？」

「こいつ、言わせておけば……」

逆上した春之助はいきなり拳《こぶし》を振りかぶった。

「やめろ！」

だが、振り下ろした拳は止まらず、鈍《にぶ》い音とともに顎に食い込んだ。

どっと土間に転がる慎三。

「私も〈改革派〉の一員だ。不正を暴《あば》くためには命を賭ける所存。だが、戦うなら替え玉などではなく、久米春之助として正々堂々と戦う」

上半身を起こした慎三は、唇の端《はし》の血をぬぐいながらせせら笑った。

「剣の腕はからっきしとおっしゃったばかりですぜ」

「それとこれとは話が別だ！」

さらに殴《なぐ》りつけようとする春之助の肩を田之上が後ろから押さえた。

「やめろ。冷静になれ」

「止めないでください。町人の分際《ぶんざい》で武士を侮辱《ぶじょく》するとは、許せません」

「ここで仲違《なかたが》いしてどうする。それでは蔵前が犬死にだ」

——犬死に……？

その言葉に、春之助の身体の動きが一瞬止まった。

「蔵前の敵を討ちたいのなら、俺の言うとおりに動くのだ」

だが、春之助は気が収まらない。顔を歪め、ドンドンと土間を蹴っている。

「春之助！」

それでも土間を蹴り続けたが、その足の動きは徐々に遅くなり、やがて止まった。

「わかってくれたか？」

春之助は渋々と頷いた。

「ですが、この町人は許せません」

「馬鹿。見え透いた挑発に乗りおって」

「挑発？」

派手に転んだはずの慎三は、何もなかったかのように立ち上がると、着物に着いた土を叩き落とした。

「まあ、てんで腰抜けって訳《わけ》でもなさそうだ」

田之上は慎三を睨み付けた。

「それ以上武士を愚弄《ぐろう》すると許さぬぞ」

慎三は形だけ頭を下げた。

「ですが、春之助殿の言われることはもっともだ。貴藩きっての剣客の蔵前様でさえ斃されたんだ。無事に国元へ辿《たど》り着けるとは思えません」

田之上の表情が曇《くも》る。実は、それが一番の懸念なのだ。

春之助は不安そうな視線を送るが、田之上の口から妙案は出てこない。

「まあ、そんなところでしょうな」

慎三は上がり框《がまち》に腰を掛けると、二人に向かって言った。

「あたしの仲間を用心棒に付けましょう」

「そのような仲間がいるのか?」と田之上。

「ええ」

——そういえば……。

田之上は桔梗屋の言葉を思い出した。

「やはり、おぬしの裏稼業は、替え玉作りだけではないのだな？」

「桔梗屋さんからお聞きになりましたか？」

「触りだけは、な」

「依頼人の相談に乗っているうちに、裏稼業の幅も広がっていったというわけでして……」

「今からでも頼めるのか？」

「別の仕事で上野国《こうずけのくに》辺りにいるはず。使いの者を走らせれば、松井田宿《まついだ》あたりで合流できると思います」

「腕は確かなのか？」

「折り紙つきで」

「いくらだ？」

「無事に送り届けられれば十両」

「足下を見やがって……」

春之助が割って入った。

「なんなのですか、この町人。命懸けで藩を救おうとしている我々を相手に商売するつもりですか？」

「はい」慎三は笑顔を返した。「そのつもりです」

「なんという厚かましさ……」

「しかし、このままではお二人の目的は果たせそうにありません。替え玉作りだけで良いと言われれば、それに従いますが、せっかく作った替え玉がすぐに殺されてしまうというのも……」

「縁起《えんぎ》の悪いことを言うな！」

田之上が手を上げて制した。

「春之助、もう良い。町人と言い争ったところで埒《らち》が明かぬ。それに、おまえには無事に国元に着いて貰《もら》わねば困る。十両を惜《お》しんで計画を失敗させては元も子もない」

「さすがは勘定方だ。算盤《そろばん》勘定が早い」

田之上はにこりともせず、慎三を見据《みす》えた。

「だが、もしも春之助の変装がばれたり、無事に国元に着けぬ場合は覚悟しておけ。金を払わぬだけではすまさぬぞ」

「こっちも信用商売だ。それは覚悟のうえです」

「わかった。では、さっそく化粧を始めてくれ」

春之助は慌てた。

「ちょっと待ってください。まだ替え玉役を請けたわけではありません」

田之上が睨み返す。

「この期《ご》に及んで、まだそのようなことを……」

「私が国元に着くまでに証拠が手に入らなかったらどうなるのです?」

「俺を信じろ」

「とは言われましても……」

謹厳実直《きんげんじっちょく》を絵にかいたような田之上に、相手の裏の裏をかくような駆け引きができるとは思えない。横流しの証拠が手に入らなければ、たとえ国元に辿り着けたとしても、ただ直訴《じきそ》して腹を切るしかない。

慎三はくすりと笑った。

「何がおかしい?」と田之上。

「いえ、春之助様のご心配も、もっともだと思いましてね」

「では、どうせよというのだ?」

「毒を喰らわば皿までだ。あまり気は進まねえが、その仕事も引き受けましょう」

「どういうことだ？」

「今日は弥生の十八日。春之助様が国元に到着されるのは二十三日あたり。それまでの五日が勝負だ。その間に横流しの証拠を掴み、早飛脚でお送りします。春之助様はなんとしても国元に辿り着き、お城でそれをお待ちください」

「早飛脚が来ない場合は？」

「潔《いさぎよ》く腹をお召しください」

「こいつ、他人事《ひとごと》だと思って……」

「不正を暴くために命を賭けるという、先ほどのお言葉は嘘《うそ》でございましたか？」

　そこまで言われては返す言葉もない。

　田之上は、春之助の背中をごつい手で叩いた。

「春之助、我々を信じろ」

　別室に移った慎三は、鏡を台に固定し、春之助にその前に座るよう指示した。

　こうなったら覚悟を決めるしかない。春之助は、不承不承ながらも従った。

田之上は、化粧の様子を見たいと申し出たが断わられ、仕方なく、別の部屋で待機することになった。

鏡の横にはもう一つの鏡台がある。慎三はそこに鏡ではなく、先程描いた蔵前の似顔絵を貼り付けた。脇には四つの燭台《しょくだい》を置き、蠟燭《ろうそく》を立てて火を灯《とも》す。

最後に、持参した化粧箱を開けた。中には何本もの瓶が詰まっている。

準備を整えた慎三は、蠟燭の火に浮かび上がった春之助の顔と似顔絵を見比べた。

それはかなりの時間を要した。

「どうした？」

焦《じ》れた春之助が訊いても答えはない。

しばらくすると、頭のなかで考えがまとまったのか、慎三はいきなり春之助の顔に手を当てた。目尻を少し上げ、そこで固定する。瓶の一つを開け、中に入っている糊《のり》のようなものをへらで掬《すく》うと、目尻に塗り込んでいく。

「何をするのだ？」

思わず身をねじろうとしたが、がっしりと押さえつけられて動けない。

「動くと顔に傷が付きますぜ」

――どこからこのような強い力が出るのだ……。

春之助は抵抗を諦《あきら》め、身を任せることにした。

こうなったら、なるようになれだ。

慎三が次に行ったのは、頬骨の部分を盛り上げることだった。少しずつ糊を塗り重ねては高さを調節し、盛り上げた箇所に油性の白粉《おしろい》を薄く延ばして塗っていく。

同じ要領で、鼻の高さも調整した。

涙丘の先に影を差し、目と目の間隔を狭くする。細い顎は、口の中に綿を含ませ、頬をふっくらさせることで太くした。ほうれい線にうっすらと筆を入れ、見た目の歳を上げる。

その後も、慎三による化粧が続いた。

一刻が経ち、ようやく奥の間の襖が開いた。

姿を現した春之助を見た田之上は、思わず唸《うな》り声を上げた。

「なんと……」

そこには死んだ蔵前とそっくりの男が立っていた。

「これは見事だ」

田之上は春之助に近づき、息のかかるほどの近さまで顔を寄せた。

「うん……、さすがにこの距離まで近づくと化粧の痕が目に付くが、逆に言えば、そこまで近づかないとわからない」

居心地《いごこち》が悪そうに顔を逸《そ》らせる春之助。

少し離れて見ていた慎三は田之上に言った。

「これから仕上げに入ります」

「まだ完成ではないのか？」

慎三は春之助の右腕に添え木を当て、さらしでぐるぐる巻きにすると、首から吊るした襷《たすき》に載せた。

「敵は蔵前様を斃したと信じています。無傷のままでは、かえって疑われるでしょう。それに、この恰好で歩いていれば嫌でも周囲の注意を引く。手負いの武士が鴻巣宿を出たとなりゃ、敵は放ってはおけねえ」

田之上が感心していると、今度は頬に薄く蒼《あお》い顔料を塗りはじめた。

春之助の顔色がどんどん悪くなっていく。

「いくら似せても限界はあります。ですが、人間はやつれると人相が変わる」

「大病を患《わずら》うと別人に見えることもあるな」

「そういう先入観を与えれば、相手の判断も鈍ります」

「やつれたせいだろうと思わせるわけか」

「左様で」

頷きながら、慎三の手は春之助の左目を覆《おお》うようにさらしを巻き付けていた。

血の滲《にじ》んだような痕まで付いている。

「おい、せっかく完璧《かんぺき》な化粧をしたというのに、なぜわざわざそれを隠す?」

「今回の化粧で最も自信があるのが目の部分だからです」

「それは同意だ。であれば、両方の目を出せば良いではないか」

「こうやって左目を隠すことで、相手の視線はいやでも右目に集中します。その印象は絶大な効果を持ち、似ているという思いは確信に変わる」

「なるほど……」

「また、さらしの立体感が鼻の高低を判断し難《にく》くする効果もあります」

そうやってできあがったのは、誰が見ても文句のない、傷つき、やつれた蔵前伸輔だった。

しかし、当の春之助は不満を訴えた。

「これでは剣も抜けず、戦えぬではないか」

「それで良いのです。右手を封じたのは、春之助様に剣を抜かせねえためです」

「なぜだ？　私に戦うなというのか？」

「相手は蔵前様の剣の構えを熟知しているはず。ということは、春之助様が剣を抜いた瞬間、蔵前様でないことを見抜かれます」

「だが、斬られてしまっては元も子もないではないか」

「最初にお見かけしたときから思っていましたが、春之助様は健脚でいらっしゃるはず」

「何故《なぜ》わかる？」

「足の筋肉の付き方が尋常《じんじょう》ではありません」

「確かに、腕《うで》っ節《ぷし》が弱い分、子供の頃から逃げ足だけは早かった」と、春之助はむすっとした表情で言った。「遠足《とおあし》（＝マラソン）で私に勝てる者は城下にはいない」

「では、逃げてください」

「なんだと？」

「今回の目的は、我々が米の横流しの証拠を摑むまでの時間を稼ぐことです」

「それは、そうだが」

「では、あたしの手配する用心棒が相手を防いでいるうちに逃げてください」

春之助は頬を膨らませながらも、頷いた。

「わかった」

田之上が春之助の肩を叩く。

「計画の成否はおまえにかかっている。頼むぞ」

春之助は慎三を睨みつけた。

「こうなったら、まな板の上の鯉《こい》だ。敵を引きつけ、逃げて逃げまくってでも国元に辿り着いてやる。だが、万が一にも途中で殺されたり、早飛脚が来なかったりしたら、おまえのところに化けて出てやるからな」

慎三は笑って頷いた。

「そういうことにはなりません。安心して旅を続けてください」

こうして、片腕を首から吊るし、蒼ざめた顔をした武士は、頼りなげな足取りで那奈原城を目指して鴻巣宿を出立《しゅったつ》した。

その後ろ姿を見ながら、慎三は言った。

「お話を聞く限り、〈体制派〉の香月って奴は相当の切れ者らしい。米の横流しの証拠は、ちょっとやそっとじゃ摑めねえでしょう」

田之上は暗い表情で頷いた。

「春之助にああは言ったが、実は拙者もそれが気がかりなのだ。書付の意味すら不明では、どこから手を付けたら良いのかわからぬ」

「あの〈夜久咲名葉之木〉って書付の意味でしたら、もうすぐわかると思います」

田之上は目を丸くした。「なんだと？」

「江戸を出る前に、仲間の一人に謎解きを指示しておきました」

「また仲間か……。一体、何人の仲間がいるのだ？」

「追々《おいおい》、ご紹介します」

「ところで、証拠探しの代金はいくらだ？　用心棒で十両なら、三十両か？　それとも五十両か？」

「いえ、結構です」

「足りないと申すか？」

「そうではありません。お代は結構ということです」

「なんだと？」

「そのかわり、この仕事で稼いだ金は全て頂戴《ちょうだい》いたします」

「稼げるものがあるのか？」

「あるかないかはわかりません。しかし、無いところから生み出すのも腕次第です」

「おぬしは一体……」

「得体の知れない若造。そういうことでよろしいでしょう」

田之上は首を傾げながら、この奇妙な男を見た。

第二章　〈木の葉〉の女

一・弥生十八日　江戸　深川《ふかがわ》

同じ日の夜、江戸、深川の飯屋、清洲屋《きよすや》では二人の男が向き合っていた。

一人は総髪で、歳は二十代後半。簡素な羽織《はおり》と袴《はかま》を着け、一見、医者のようにも見える。もう一人は町人風の髷《まげ》を結《ゆ》った三十代の男。目つきが異様に鋭《するど》い強面《こわもて》だ。妙な取り合わせと言えないこともないが、混み合った店の中で、そんなことを気にする客もいなかった。

二人は浅蜊《あさり》と分葱《わけぎ》のぬた、そして芹《せり》の和《あ》え物を肴《さかな》に、ぬるめの燗《かん》で酒をすすっていた。

総髪の男が、目の前に置かれた書付を読みながら訊《き》いた。

「この意味が知りたいと?」

「ああ。仕事で鴻巣宿に向かった慎三が残した伝言だ。こいつを〈筆屋の文七《ぶんしち》〉に見せろってな。俺が留守していたせいで、渡すのが遅くなっちまった」

〈筆屋の文七〉、それが総髪の男の呼び名だった。

この男は毎日吉原《よしわら》の遊郭《ゆうかく》に通っている。といっても遊びにいくのではなく、遊女たちが馴染《なじ》みの男たちに出す付《つ》け文《ぶみ》、いわば営業用の恋文の代筆をしている。そこで付いた呼び名が〈筆屋〉なのだが、文七が代筆する手紙には、来ぬ男を恋い焦《こ》がれる女の心情が切々と織り込まれ、読んだ男の足が自然と女のところへ向くという評判が立ち、列を成すほどの人気ぶりとなっていた。

しかし、代筆屋は文七の表の顔に過ぎない。他人の筆癖《ふでくせ》を正確に再現できるという特技を持つ文七の裏の稼業は偽文《にせぶみ》作り。慎三が人の替え玉を作るなら、文七は文書の替え玉を作るというわけだ。また、その学識と鋭い洞察力を見込まれ、慎三の知恵袋的な役割も果たしていた。

だが、さすがの文七も、この書付には首を捻《ひね》るばかりだった。

「文さんにもわからねえものがあるとはね……」

皮肉たっぷりの笑みを浮かべる町人風の男は〈丑三《うしみ》つの辰吉《たつきち》〉。文字通り、丑三つ時の仕事を得意とする盗人《ぬすっと》だが、訳あって慎三の手助けをしている。

文七は口を尖《とが》らせた。

「私はただの代筆屋ですよ。慎三さんは私に過大な期待を寄せすぎる」

「それに応《こた》えてきたからこそ、さらに大きな期待をされるんじゃねえのか？」

「辰吉さんだってそうじゃないですか。この前の仕事ぶりは鮮やかの一言に尽きました」

「まあ、そう言ってもらうと、お世辞《せじ》でも嬉《うれ》しいね」

辰吉は銚子《ちょうし》を持ち上げ、酒を勧《すす》めた。

盃《さかずき》で酒を受けながら、文七は少し声を下げた。

「ですが、よくよく考えると、我々は慎三さんにおだてられながら、上手《うま》く使われているだけなのかもしれませんよ」

辰吉はふっと笑った。

「文さんはそうかもな。だが、少なくとも俺は違うぜ」

「どうしてですか？」

「協力はしているが、逆に利用もしているからさ」

「利用？　昔の仕事に返り咲くためにですか？」

「そんな気はねえよ」

「では、何の目的で？」

辰吉は一息入れ、低い声を出した。

「探さなければならねえ奴がいる」

「探す……？　昔の仲間をですか？」

辰吉は苦々しい表情で首を振った。

「よくわかりませんが……、そいつを探すために慎三さんを利用している。そう言いたいのですか？」

「悪いかよ？」

「いや、他人のことをとやかくいうつもりはありません。仕事さえきっちりやっていただければ文句はない」

辰吉は盃を置くと、凄味《すごみ》のある目で睨《にら》んだ。

「文さんよ。俺は、おまえのそういう人を見下すような態度が気に入らねえ。元武士だかどうかはしらねえが、何様のつもりだい？」

文七は一瞬眉《まゆ》をひそめたが、やがて不承不承《ふしょうぶしょう》に頭を下げた。

「つい、口が滑《すべ》りました。お互い、自分の技量を慎三さんに売っている身。上も下もない」

「そうだよ。威張《いば》るんじゃねえよ」

「決してそういうつもりはありませんが……、以後、気をつけます」

辰吉は盃を持ち上げ、一気に空《あ》けた。

「まあ、わかりゃいいさ」

――コソ泥が、何を偉《えら》そうに……。

と喉《のど》まで出かけた言葉を飲み込みながら、文七は視線を書付に戻した。

そこには、〈夜久咲名葉之木〉という奇妙な文字があった。

「この書付は、那奈原藩の〈体制派〉って連中から入手したものでしたよね？」

「ああ。慎三の伝言にはそうあった」

「〈夜久咲名葉之木〉、夜久しく咲く名は葉之木……？」

「どうだい？」

「わけがわかりませんね」文七は再び頭を捻った。「慎三さんはいつ江戸に？」

「明朝《みょうちょう》までには」

「そうですか。では、今夜中に答えを見つけないと……」

その時、店の奥から若い女がやってきた。店の主人の娘で、お春《はる》という。

手には辰吉の注文した煮物を持っている。

「おう。お春ちゃん、いつも可愛《かわい》いな」と辰吉がからかった。

「相変わらず馬鹿だね」とお春が言い返す。「そんなことばかり言っているから、嫁の来手がないんだよ」

二十《はたち》になったばかりのお春は、器量は悪くはないが、勝ち気で男勝《まさ》り。口でかなう男は、この店の客にはいない。

「おまえだって、その性格を直さねえ限り、嫁の貰《もら》い手はねえぜ。なあ、文さんよ」

目を向けると、文七は素知《そし》らぬ顔で黙っている。

――へえ……。

二人の顔を見比べる辰吉。

煮物を食台に置き、きょとんとした顔で立っているお春。

「どうしたの?」

「いや、いいってことよ」

笑みを浮かべると、辰吉は温燗《ぬるかん》を注文した。

「あいよ」

威勢よく答えたお春は、注文を厨房《ちゅうぼう》に伝え、すぐに他の客の注文を取りにいった。

その栗鼠《りす》のようなきびきびとした身のこなしを、文七は目を細めて眺《なが》めていた。

慎三と田之上は、春之助が出立《しゅったつ》した翌日の十九日には江戸に戻ってきた。鴻巣宿から深川までは歩いて二日はかかるが、今回は早駕籠《はやかご》による強行軍だ。

慎三の髪結《かみゆ》い床《どこ》は深川は森下町《もりしたちょう》の小道を入ったところにある。大きな看板は出していないが、腕の良さが口伝《くちづ》てとなり、今では深川一の繁盛《はんじょう》店になっていた。

暖簾《のれん》をくぐると八畳ほどの髪結い床があり、そこで五人の弟子たちが客の髪を結っている。得意先は豪商の御内儀から吉原の花魁《おいらん》にまで広がっているが、仕事は出向いて行うことが多いため、慎三が店に出ることは滅多《めった》にない。だが、十人のうち九人が逃げ出すと言われる厳しい修業に生き残った弟子たちは、その一人一人が慎三の分身であり、本人がいなくても店は順調に回る。そのため、たとえ慎三が裏の仕事で長く店を空けても、怪しまれることはなかった。

田之上を奥の部屋に通した慎三は、待っていた〈筆屋の文七〉と〈丑三つの辰吉〉を紹介した。

きちんとした身なりで居住まいを正している文七は良いとしても、目つきの悪い辰吉を見た田之上は顔をしかめ、小声で慎三に訊いた。

「この男も仲間なのか？」

「ええ。元盗人です。それも凄腕の」

「盗人？」田之上の声が裏返った。「盗人が仲間なのか？」

ぎろりと睨み返す辰吉を目で制すと、慎三は言った。

「田之上様、あなたの目的は〈体制派〉の不正の証拠を摑《つか》むことでは？」

「いかにも」

「それも早急に」

「そのとおり」

「では、手段を選んでいる余裕はないはずだ」

「しかし、桔梗屋は、おぬしは火付け盗賊の類ではないと言っておったぞ」

辰吉が笑った。

「火付け盗賊ってのは、罪のねえ庶民《しょみん》を苦しめる連中のことじゃねえですか？」

「そうだ」

「じゃあ俺たちは違う。火付けもしなけりゃ、盗賊もしねえ」

わかったような、わからないような理屈だが、筋は通っている。

返すべき言葉が見つからない田之上は、とりあえず頭を下げた。

「わかった。失礼の段は詫《わ》びる。確かに手段を選んでいる時間はない。それに、拙者《せっしゃ》は慎三殿に全てを任せている。失言を撤回《てっかい》する」

「わかっていただければ、それで結構」

慎三は文七に向き直った。

「ところで、書付の意味はわかったかい？」

「まだ推測の域を出ませんが、一応……」

「ほう。さすがは文さんだ」

文七は、折り目正しい態度で田之上に一礼すると、訊いた。

「突然で恐縮ですが、江戸屋敷の方々がお使いになる店に、〈木の葉《こは》〉という名前のものはありますか？」

「木の葉……？」

「それに似た名前でも結構です。思い出せませんか？」

田之上はしばらく考え、「そういえば……」と頷《うなず》いた。「自分で使ったことはないが、その名前は記憶にある」

「さすがは勘定方だ。行ったことのない店の名前もわかるらしい」

慎三が茶化《ちゃか》した瞬間、田之上は膝《ひざ》を打った。

「そう。その店の名は、勘定書き（＝請求書）の束の中にあった」

「ということは、貴藩のお使いになっている店ということですか？」

「左様。それも、確か〈体制派〉の連中の懇意《こんい》にしている店だ」

「その店に〈お咲《さき》〉という名前の女はいますか？」

「行ったこともないのだ。わかるはずがなかろう」

「それもそうだ」慎三は頷き、文七に訊いた。「なぜ、その名前を？」

「この書付の〈夜久咲名葉之木〉は、『日本書紀』に出てくる〈木花咲耶《このはなさくや》〉の当て字を逆さにしたものではないかと思うのです」

「『日本書紀』ってなんだい？」と辰吉。

「奈良時代に書かれた日《ひ》の本《もと》の歴史書です」

「へえ、さすが元武士だ。学があるねえ」

「それを再び逆にすると〈木之葉名咲久夜〉か……」と慎三。

「ええ。もしも〈木の葉〉という店があり、そこに〈お咲〉という名の女がいるなら、それが手掛かりではないかと思うのです」

「なぜ〈咲〉が女の名だと？」

「〈木花咲耶〉の正式な名称は〈木花咲耶姫〉。姫というからには女性《にょしょう》の名前ではないかと」

「これは字の意味ではなく、音で考えたほうが良いのではないでしょうか？」

「音？」

「最後の〈久夜〉は？」

「ええ。〈久《く》〉は〈九《く》〉では？」

「なるほど。〈九〉ではすぐにわかっちまうので、敢《あ》えて〈久〉にしたと？」

辰吉がぽんと手を叩いた。

「その手は俺たちもよく使うぜ。一を市とか、二を似とか」

田之上はごつい顎《あご》を撫《な》ぜながら唸《うな》った。

「この書付が米の受け渡しに関係するものだとすると、数字という可能性は高いな……。九の付く日の夜に、〈木の葉〉という店の〈お咲〉という名前の女に会え。そういう意味だというのか？」

文七は頷いた。

「あくまで推測ですが……」

「今日は弥生の十九日。九が付く日だ」

慎三が訊いた。

「〈木の葉〉の場所は？」

「確か、本所《ほんじょ》だったと思う」

「ここから近いですね」と文七。

「時間がない。とにかく、今夜、この店に行ってみましょう」

そう慎三に促《うなが》された田之上だったが、なぜか煮え切らない。

「どうしやした？」と辰吉が訊いた。

田之上は言いにくそうに答えた。

「今になって思い出したが、その店は、あれだ……」

「あれって？」

「表向きは料亭だが。裏では、ほれ……」

「ああ、その手の店ですか。それが何か？」

「苦手なのだ」

三人は思わず顔を見合わせた。

この岩のような大男が、その手の女性が苦手だという。

辰吉が最初に噴き出した。

「田之上の旦那《だんな》、なにもそういうことをしろってんじゃねえ。お咲って娘を指名して、話を訊けばいいだけだ」

「わかっているが、拙者はそういう店に行ったことがない。誰か、代わって貰えぬか？」

文七は首を振った。

「一見《いちげん》の客では無理でしょう。その点、勘定方の田之上様なら、勘定書きの店がどのようなところか見に来たとでも言えば、無下《むげ》には断わられないはず」

「そうは言うが……」

どうにも歯切れの悪い田之上に、見かねた慎三が言った。

「では、あたしがご一緒しましょう」

「行ってくれるか？」

「武士の恰好に変装して同行することをお許しいただけるなら」

「緊急時だ。それは大目に見る」

「わかりました。九の付く日が正解なら、香月か下谷も今夜その店に行くはず。

その先回りをする必要がある。少し早いが、六ツ半（＝午後七時）に本所松井《まつい》町《ちょう》の二ッ目橋《ふためばし》の袂《たもと》でお待ちしています」

二　弥生十九日　江戸　本所

一旦、芝の那奈原藩江戸屋敷に戻った田之上は、様々な店の勘定書きの束の中から〈木の葉〉のものを抜き取った。住所《ところ》は確かに本所だ。

それを持って本所松井町の二ッ目橋にやって来ると、暮れたばかりの夕闇のなか、灯籠《とうろう》の灯りに照らされて浮かび上がる武士の姿があった。

こちらに気付き、近づいてくる。

——慎三……？

田之上は目を凝《こ》らした。

鬢《びん》や髱《たぼ》の膨《ふく》らみは武士風に押さえられ、抑《おさ》えめの色調の着物と袴からは仄《ほの》かな気品さえ漂っている。涼やかな目元には田之上が思わずどきりとするほどの色気が感じられた。

「行きましょうか」

促す慎三に、どぎまぎしながら「おお……」と頷き返した田之上は、勘定書きに記載された住所を頼りに〈木の葉〉を目指した。

その店は本所菊川《きくかわ》の路地を少し入ったところにあった。

周囲は竹林で囲まれ、大横川《おおよこがわ》と竪川《たてかわ》からの風に揺れる葉が心地《ここち》良《よ》い音を立てている。

木戸には、流れるような字体で〈木の葉〉と描かれた小さな看板が掲《かか》げられていた。

そこをくぐり、石畳の脇に置かれた小さな灯籠に沿って歩いていくと、浅黄色《あさぎ》の暖簾のかかった玄関があった。

足を踏み入れたところに下足番が跪《ひざまず》いていた。一段上がった床には白髪《しらが》の交じった初老の女が座っている。昔はさぞ美しかっただろうと思われるその女将《おかみ》は、燃え残る微《かす》かな色香を放ちながら、深々と頭《こうべ》を垂《た》れた。

「今宵《こよい》は、わざわざ足をお運びいただき、ありがとうございます」

そして、顔を上げて訊いた。

「失礼ながら、どなた様のご紹介で……？」

慇懃《いんぎん》な態度ではあるが、要は、一見の客はお断わりだと言っているのだ。

すっかり舞い上がってしまっている田之上に代わって、慎三が進み出た。

「こちらは那奈原藩江戸屋敷の勘定方、田之上内蔵助。拙者はその部下で四宮《しのみや》慎三と申す者。最近、この店の勘定書きを見る機会が多いもので、どのような店か拝見したく、足を運んだ次第」

「それはとんだ失礼をいたしました」

勘定方という言葉を聞くや、女将の態度が一変した。

「それはとんだ失礼をいたしました。那奈原藩の香月様にはいつも大変お世話になっております。ちょうど、今夜はその後任の下谷様がお越しになる予定でございます」

慎三の顔が曇《くも》る。

「まずいな。勘定方が店を見に来ていることは知られたくない……」

女将は微笑《ほほえ》んだ。

「その点はお任せください。お顔を合わせてしまうような無粋《ぶすい》な真似《まね》はいたしません」

店から送る勘定書きを承認し、支払ってくれるのは勘定方だ。ここは精一杯機《き》嫌《げん》を取っておく必要がある。

「それはありがたい」

履物《はきもの》を下足番に預けた二人は、下にも置かない態度の女将の案内で店の奥に案内された。

外見からはわからなかったが、店は存外奥行きが深かった。

店を抜けても歩き続ける女将は、中庭を横切る外廊下を渡り、離れの部屋に二人を案内した。

「静かでいい部屋だ」と、慎三は満足気に頷いた。

「今後とも、ご贔屓《ひいき》にお願いいたします」

部屋に入り、妙に無口になっている田之上を促して腰を下ろすと、すかさず襖《ふすま》が開き、数人の女たちが酒や肴《さかな》を運んできた。

「食事は終わっている。軽いもので良い」と慎三は女将に言った。「それに、今夜は店を見にきただけだ。長居はしない」

「そんなことおっしゃらず、ごゆっくりなさってください」

女将が目配せすると、隣に座った女がすっと盃を差し出した。

慎三はそれを受け取り、注《つ》がれた酒を呷《あお》った。

隣を見ると、緊張で石のようになった田之上が震える手で盃を持っている。

微笑を絶やさない女将に、慎三は「ところで……」と切り出した。

「はい？」

「この店にお咲という女がいれば、連れて来てくれないか？」

「お咲、ですか？」

一瞬、女将の目に警戒の色が浮かんだ。

「今日は九の付く日。拙者は香月の仲間だ。言伝《ことづて》を預かっている」

香月の仲間と聞き、女将の表情が緩《ゆる》む。

「月三回、九の付く日にしか店に出ない我《わ》が儘《まま》な娘を可愛《かわい》がっていただき、香月様には感謝申し上げております」

「呼んでもらえるか？」

「わかりました。では、別室でしばらくお待ちください」

女将は頭を下げ、女の一人に目配せした。

その女に促され、慎三は立ち上がった。

田之上を見ると、酔いが回って緊張が解けたのか、いつの間にか若い酌婦《しやくふ》相手に鼻の下を伸ばしている。

案内されるままに移動した奥の部屋では床《とこ》が用意されていた。

「しばらくお待ちください」

案内役の女が去る。

慎三は床の脇に腰を下ろし、煙管《キセル》に火を付けた。

しばらく待っていると、襖がすっと開き、赤い襦袢《じゅばん》姿の女性が入ってきた。

行灯《あんどん》の光に浮かび上がった影は細身だが、身のこなしは妙に艶《なま》めかしい。

「お咲か？」

女は寄り添うように腰を下ろし、慎三の煙管を取り上げると、赤い紅《べに》をさした唇《くちびる》で咥《くわ》えた。

「香月様に言伝を頼まれたって？」

顔を上げた。美しい女だ。目は切れ長。鼻筋は通っている。頬骨《ほおぼね》は低く、顎も小さい。慎三から見れば、化粧映えする、素直な良い素材だ。

慎三はお咲を見返すと、囁《ささや》いた。

「俺の名は四宮慎三。香月の部下だ」

「そう……。で、言伝とは？」

「後任の下谷についてだ」

「あの狸《たぬき》みたいな顔の小男のことかい？」

下谷の顔なぞ知る由《よし》もないが、慎三は、まるで旧知の仲であるように頷いた。

「その下谷だが、どうも動きが怪しい。敵である〈改革派〉に通じている節《ふし》がある。その真偽《しんぎ》を確かめるまで、奴に渡す連絡の内容を事前に確かめたい。それが言伝だ」

お咲は不審げな表情で見上げた。目には明らかな疑いの色が浮かんでいる。

慎三は思い切って鎌《かま》をかけた。

「下谷が〈改革派〉に通じている場合、米が奪われる懸念《けねん》がある」

お咲はしばらく考えていたが、やがて頷き、懐《ふところ》から四つ折りの紙を取り出した。

――書付……？

受け取った紙を開くと、両側に四角の絵が描かれてあった。

「これは？」

お咲は小さく眉をひそめた。

「あんた、本当に香月様の部下かい？」

「香月は指示するだけだ。詳しいことは何も教えてくれない」

「じゃあ、それを描き写して、香月様に見せりゃわかるよ。明日の米の受け渡しの場所さ」

「なるほど……」

枕元に置かれた紙と筆を取り、絵を描き写す。

簡単な絵文字だ。これで何がわかるというのか……？

写し終えると、紙を元通りに畳んで返した。

それを細い指でつまみ、懐に戻すお咲。

一息置いて、慎三は訊いた。

「なぜ、九の付く日にしか店に出ない？」

「それも聞いていないのかい？」

首を振る慎三。

「しょうがないね」お咲は溜息《ためいき》をついた。「大坂に行く伊勢屋《いせや》の船が一の付く日に出るからさ。九の付く日に場所を伝え、十の付く日に米の受け渡しをする。そして一の付く日に船に載せる。そういう段取りらしいよ」

「船の出る二日前に、米の受け渡しの場所を伝えるということか」

「そう」

確かに、一日、十一日、二十一日の二日前は二十九日、九日、十九日。それに、〈伊勢屋〉は米問屋《こめどんや》の名前だ。

今日は十九日。ということは、船が出るのは二十一日ということになる。

「なるほど。おかげでいろいろわかった」と、慎三は礼を言った。「だが、なぜおまえはこのような役目をしている？」

お咲は下手な冗談でも聞いたように苦笑いした。

「よく言うよ。仕方なくやっているに決まっているだろう？　でも、それで国元の家族や貧しい人たちが助かるのなら……」

慎三は首を捻った。

――この女、何を言っている？

考えられるのは、お咲が騙《だま》されているということだ。恐らく、伊勢屋に流した米の代金が国元の貧しい者たちへの施《ほどこ》しに使われるとでも聞かされているのだろう。

「おまえ、那奈原の者か？」

「そうさ。身売り同然で江戸に連れてこられ、伊勢屋で奉公《ほうこう》することになったんだ」

「そのうちに主人の手が付き、この仕事を押し付けられたというわけか？」

お咲は小さく頷いた。

「しかし、なぜおまえが仲立ちをしているのだ？　香月と伊勢屋が直接連絡を取り合えば済むことではないか？」

「香月様は、よほどのことがない限り、伊勢屋とは会わないから」

「それだけか？」

お咲はふっと目を逸《そ》らす。

「香月がおまえを見染めた。そういうことか」

答えはない。

「ありそうなことだな」と慎三は言った。「伊勢屋にとって香月は上得意。たとえ自分の愛人だろうが、差し出さないわけにはいかない。香月は伊勢屋との連絡という口実でおまえに会える」

お咲は端整《たんせい》な顔を歪《ゆが》め、きっと慎三を睨んだ。

「あんた、四年前の飢饉《ききん》のことは？」

「藩の命《めい》で大坂にいたので、詳しくは知らない」と、慎三は咄嗟《とっさ》に嘘《うそ》をついた。

「なら、あまり大きな顔をしないほうがいいよ。あたいだって、好きでこんな仕事やっているわけじゃないんだ」

こちらを見つめる瞳には哀《かな》しみの色が浮かんでいる。

慎三は小さく舌を鳴らした。

このか細い娘は身を犠牲《ぎせい》にして役目を果たしている。だが、彼女のやっていることは、国元の家族を救うどころか、かえって苦しめることになっているのだ。これほど皮肉なことはない。しかし、今、ここで事実を明かすわけにはいかない。苦い思いを飲み込むと、慎三は「少し言い過ぎた。すまぬ」と言い、腰を上げた。

「帰っちまうのかい？」

書付の暗号の意味が知りたいが、あまりしつこくすると逆効果だ。それは次に回し、今日のところは正体がばれないうちに退散すべきだろう。

「隣の部屋で酔い潰《つぶ》れている男を連れ帰らねばならぬのでな……」

慎三は襖を開けて部屋を出た。

お咲が続く。

先ほど飲んでいた部屋の障子《しょうじ》を開けると、案の定、真っ赤な顔をした田之上は高鼾《たかいびき》で寝転んでいた。

それを当惑《とうわく》げに見下ろしていた酌婦が驚いて顔を上げた。

「早いね。もう終わったのかい？」

「ああ。俺は何でも早い」

にやりと笑った慎三は女に銭を握《にぎ》らせた。

「悪いが、駕籠を呼んでくれないか？」

女は頷き、急いで部屋を出ていった。

部屋に入ってきたお咲が心配そうに訊いた。

「こんな状態で駕籠に乗れるのかい？」

「外の風に当たれば正気に戻るだろう」

「それならいいけど」

「ところで、おまえがこの役目をしていることを、店の者は知っているのか？」

「奉公人のなかでは、お志乃《しの》って娘《こ》だけには言ってある」

「その娘も伊勢屋の主人のお手つきか？」

お咲は再び目を逸らした。

そういうことなのだろう。もしかすると、伊勢屋の主人は、そのお志乃という娘に乗り換え、用済みのお咲を香月に差し出したのかもしれない。

「すまぬ。余計なことを訊いてしまった」

お咲は黙って首を振った。

「ところで、香月の後任の下谷だが、今日、この店に来るのであろう？」

「ああ。そう聞いている」

「では、下谷の話をよく聞き、その内容を明朝、教えてはくれぬか？」

「店から直接行ける所ならいいよ」

「では明《あけ》六ツ半（午前七時）。本所の弥勒寺《みろくじ》で待っている。必ず来てくれ」

慎三は袖《そで》から金を差し出し、お咲の手の上に置いた。

「ちょっと……」

お咲が声を上げたところで、先ほどの女が呼びにきた。

「駕籠が来たよ」

驚いた女将が姿を現わした。

「もうお帰りとか。何かご無礼でもございましたか？」

「俺はまだ帰りたくはないのだが、上役が早々に潰れてしまった。まさか、この店では悪い酒を飲ませているのではなかろうな？」

「そんな、滅相《めっそう》もない」

「冗談だ。すまぬが、男衆《おとこし》に駕籠まで運ばせてくれ」

男三人がかりで運ばれた田之上は、外に出て夜風に当たった瞬間、嘘のように正気を取り戻した。

「俺は一体……」

「まあ、今日のところはおとなしく帰りましょう」

勘定書きを送るよう言い残すと、慎三は田之上を乗せた駕籠の脇を歩き始めた。川から吹く風はまだ冷たいが、火照《ほて》った体には心地良い。

先程落ち合った本所松井町の二ッ目橋まできたところで、慎三は田之上と別れた。

田之上はそのまま芝の藩邸まで帰っていった。

ここから慎三の店までは遠くない。

すぐにでも堅苦《かたくる》しい武士の姿から解放されたいが、さすがにここで変装を解くわけにはいかない。

仕方なく、そのまま堅川のほとりを歩いていると、大店《おおだな》の主《あるじ》と丁稚《でっち》らしい二人連れとすれ違った。

しばらくして、その主はふと後ろを振り返った。

「どうかなさいましたか?」と丁稚。

「いや……」主は慎三の後ろ姿を見ながら言った。「まさか、そんなことがあるわけもない……」

「今のお武家様が、どなたかに似ていらっしゃるので？」

主は曖昧《あいまい》に微笑むと、丁稚を促した。

「こんなところでうろうろしていたら物騒だ。さあ、先を急ごう」

二人が立ち去った後、脇の小道から姿を現わした者がいた。

腰には二本の刀。編笠《あみがさ》で顔は見えないが、その物腰から、かなりの手練《てだ》れの武士であることがわかる。

その後ろからもう一人。こちらも編笠の武士だ。

「いかがであった？」

後ろの武士が訊くと、前の武士の編笠が前に傾《かたむ》いた。「間違いない」

「すれ違った商人が、不思議そうな顔で振り向いていたな……」

「無理もない。あれだけ似ていれば、少しでも面識のある者なら思わず二度見してしまうわ」

後ろの武士は小さく息を吐いた。

「もはや、あまり猶予《ゆうよ》はないということか？」

前の武士はゆっくりと頷いた。

「場合によっては、我々も早めに動く必要があるかもしれぬな……」

三．弥生十九日　中山道　追分宿《おいわけ》

日も落ち、薄暗くなった追分宿に早馬が到着した。

転げるように馬から下りた若い武士は、疲労困憊《こんぱい》の体で旅籠《はたご》に入り、そのまま土間に倒れ込んだ。

「どうなさいました？」

飛び出してきた宿の主人が助け起こす。

「拙者は那奈原藩の中尾新左衛門《なかおしんざえもん》。篠崎《しのざき》様に火急の知らせがある」

主人が慌てて取り次ぐと、しばらくして、ほろ酔い加減の男が出てきた。

「遅いぞ、もう祝宴《しゅくえん》は始まって……」

とまで言ったところで、板の間に這《は》いつくばっている中尾に気づいた男は目を丸くした。

「おい、何があった?」

抱きかかえられた中尾は、仲間に支えられながら、長い廊下をよろよろと歩いていった。

奥の部屋から大勢の男たちの笑い声が聞こえてくる。

襖を開けると、そこは酒宴の真っ最中だった。

十人を超える武士たちが飯盛《めしも》り女に酌をさせながら大騒ぎをしている。

なかには諸肌《もろはだ》脱ぎで演舞を披露《ひろう》している者までいた。

真っ赤な顔をした彼らは、頽《くずお》れるようにして入ってきた中尾を見て驚き、盛り上がりの頂点に達していた宴席は一転、水を打ったように静まりかえった。

奥に座っている、ひときわ屈強《くっきょう》な武士が声を上げた。

「何事だ?」

声の主は篠崎俊吾《しゅんご》。剣の腕は蔵前を凌《しの》ぐとも言われる、那奈原藩の馬廻り役だ。

肩で息をしていた中尾は、這うようにして篠崎の前に進み出ると、声を絞り出した。

「蔵前が……、蔵前が生きていました」

「なんだと？」

酒でどんより曇った目を向けた篠崎は、ことりと盃を置いた。

そしてゆらりと立ち上がる。

ひれ伏したままの中尾は畳の上を蜘蛛《くも》のように後ずさった。

「今、なんと言った？」

「確かに止《とど》めを刺したはずなのですが、なぜか……」

そう言って顔を上げた瞬間、篠崎の蹴りが直撃し、中尾の体は二間（約三・六メートル）も向こうに吹っ飛んだ。

「殺したはずの男がなぜ生きているのだ！」

中尾は飛蝗《ばった》のように起き上がり、切れた唇から流れる血を拭《ぬぐ》うと、再び頭を畳に擦《こす》りつけた。

「私にもわかりません。しかし、右手を吊《つ》り、片目をさらしで覆《おお》った姿で歩いている蔵前が目撃されているのは確か」

「何を言っている？　御家老には報告済みなのだぞ。いまさら、蔵前が生きていましたなどと言えるか！」

その場にいた者は一斉《いっせい》に顔を伏せた。

篠崎は、蔵前のこととなると人が変わる。皆、それを知っている。

実は、かつて御前試合において、篠崎は蔵前に完敗を喫《きっ》していた。それは、誰が見ても、蔵前の見事な一本勝ちだった。しかし、篠崎は負けを認めなかった。執念《しゅうねん》深い篠崎は、蔵前が禁じ手を使ったと言い張り、再試合を申し入れた。

その申請は却下《きゃっか》されたが、おさまらない篠崎は、ほどなくして〈体制派〉に入った。別に主義主張があってのことではない。〈体制派〉に入れば蔵前を斬る口実ができる。ただそれだけの理由だった。

せっかくの酒宴に水を差され、そのうえ蔵前が生きていたと聞かされて抑制《よくせい》が利かなくなった篠崎は、再び中尾を蹴り飛ばそうと足を上げた。

だが、その体は後ろからがっしりと羽交《はが》い締《じ》めにされた。

「落ち着いてください、篠崎様」

技をかけているのは、配下の吉沢平蔵《よしざわへいぞう》だった。

「うるさい!」

体を揺すって解こうとするが、しっかりと食い込んだ技は外れない。それもそのはず。吉沢は那奈原藩に伝わる桐生《きりゅう》流体術の免許皆伝《かいでん》だ。

必死で抗《あらが》っているうちに酔いが回り、息が切れてきた。

徐々に動きが鈍《にぶ》くなってきた篠崎は、酒臭い息を吐くと、ふてくされたように腰を下ろした。

吉沢は技を外し、鼻血を拭っている中尾に訊いた。

「中尾。もう一度訊くが、その男は確かに蔵前なのか？」

「間違いありません」

「だが、片目をさらしで覆っているのであろう？　それでは、本人かどうかわからないのでは？」

中尾は痛々しく腫《は》れた顔を上げた。

「いえ、だからこそわかるのです。さらしを巻いたところで、目の鋭さや顔かたちを隠せるものではありません。間違いなく蔵前本人です」

「怪我《けが》をしているのだな？」

「はい。ですが、あの程度の傷で済んだのが不思議でなりません。我々は確かに……」

「もう良い」

吉沢は手を振り、部屋から去るよう命じた。

中尾はほっとしたように頭を下げ、体を引きずるようにして退出していった。

その姿を見ながら、吉沢は「困ったことになりましたな」と呟《つぶや》き、篠崎の隣に座った。

一気に酔いが醒《さ》めた篠崎は苦り切った顔をしている。

ここにいる面々は、渕上の命により、蔵前を斃《たお》すためにここまで出張ってきている。それが失敗したとなれば、どのような咎《とが》めを受けるかわからない。

篠崎は意を決したように言った。

「やはり、俺自身が立ち合おう」

吉沢が首を振る。

「手負いの蔵前を斃したとなればご尊名に傷が付きます。拙者にお任せください」

上手い言い方だ。吉沢は篠崎の粗野《そや》な性格を快《こころよ》く思っていない。いや、むしろ軽蔑《けいべつ》すらしている。こんな自分勝手な男に蔵前を斬らせれば、どこまで図に乗るかわかったものではない。ここは自分で蔵前の始末をつけるべきだ。

篠崎は嘲《あざけ》るように訊いた。

「おまえに蔵前が殺《や》れるのか？」

「二人ばかりお貸しいただければ必ず。篠崎様は予定どおり、このまま国元にお帰りください」

「再び失敗したらどうする？」

「拙者が負けると？」

吉沢は体術だけでなく、剣の腕も相当なものだ。それは篠崎も認めている。

「おまえの腕は信じているが、相手はあの蔵前だぞ。昨日のような奇策が何度も通じるとも思えぬ」

「所詮《しょせん》、相手は手負いの獣。お任せください」

「そうは言うが……」

未練がましい男だ。そうまでして自分の手柄にしたいのか……？

「それほどご心配でしたら、篠崎様は長窪宿《ながくぼ》でお待ちください。万が一にも私が敗れた場合、後はお任せします」

大将として後ろに控えてくれというのだ。

その言葉は、篠崎の自尊心を多少なりともくすぐった。

「まあ、よかろう」

吉沢は立ち上がると、声を上げた。

「木下《きのした》と榎本《えのもと》はいるか？」

別室で控えていた二人の屈強な武士が部屋に入ってきた。

「お呼びですか？」

「蔵前が生きていた」

驚いて顔を上げる二人。

「よいか、蔵前は今頃松井田宿あたりだ。明日はこの追分宿まで達するだろう。我々はその前で待ち伏せ、奴を仕留《しと》める」

四．弥生二十日　江戸　本所

日の出も早くなり、明六ツ半（午前七時）の江戸は本所、弥勒寺の境内《けいだい》はもう明るい。

そこに一人の女が立っていた。

地味な絣《かすり》の着物に着替えているが、化粧を落とす時間まではなかったらしく、小さく整った唇には濃い紅がさされたままになっている。

「ご苦労だったな、お咲」

姿を現わした若い男。

慎三だ。

振り向いたお咲は、町人風の髷に着流しという風体《ふうてい》に驚いた。

「あんた、お侍《さむらい》じゃなかったのかい？」

慎三は笑った。

「驚かせてすまねえ。これが本当の姿ってわけだ」

「どういうことだい？」

「まあ、朝飯でも食べながら話さねえか？」

お咲は刺すような視線を向けると、いきなり踵《きびす》を返した。

「どこへ行く？」

「決まっているだろ？　伊勢屋の旦那に言いつけるのさ」と、お咲は肩越しに答えた。「あんた、香月様の仲間だなんて言ったけど、嘘っぱちなんだろう？」

「まあ……、そういうことだ」

「あたいを利用しようとしたんだね？」

「そう結論を急ぐなよ」

追いかける慎三は、お咲の細い手首を握った。

「何すんのさ！」

「朝飯を食いながら話を聞いてくれるだけでいい。それから先はおまえの勝手だ。伊勢屋に言いつけようが、奉行所に駆け込もうが、好きにすりゃいい」

お咲は手を振り解《ほど》き、握られた場所をさすった。

「なんで、そうしつこいんだい？」

「まあまあ」

慎三は、背中を押すようにして歩き、早朝から開いている飯屋に押し込んだ。

その店、清洲屋に足を踏み入れたお咲は、思わず目を見開いた。

「お志乃ちゃん……」

店のなかに立っていたのは、伊勢屋の奉公人仲間のお志乃と瓜二《うりふた》つの女だった。いや、どう見ても本人だ。

「なぜこんなところに？」

だが、その女は、お咲に笑みを投げかけたまま、厨房に消えていった。

「ちょっと待って！」

後を追って厨房に入ったが、そこに志乃の姿はない。

――え……？

狐《きつね》に騙されたような顔で戻ってきたお咲に、慎三は食台に並べられた飯と味噌汁、目刺《めざ》しと湯豆腐を指さした。

「冷めちまうぜ」

「この店にお志乃ちゃんがいるなんて……」

「他人のそら似じゃねえのか？」

「いや、本人だった」

「まあ、とにかく食いな」

腑《ふ》に落ちないような表情で箸《はし》を付けたお咲だったが、味噌汁を口に含んだ瞬間、目を丸くした。

「美味《おい》しい……」

「ここは飲み屋なんだが、今日は特別に開けてもらったんだ」

一旦《いったん》箸を付けたら止まらない。慎三の話など耳にも入らない勢いで目刺しをむしると、飯を頬張り、味噌汁で流し込む。

「そんなに腹が減っていたのか？」

汁椀に口を付けたまま目だけ上げたお咲はこっくりと頷いた。

その仕草はまだ子供っぽい。

「田舎《いなか》にいた頃はもちろんだけど、伊勢屋に奉公に上がってからだって、腹一杯食べさせてもらったことなんかないよ」

「〈木の葉〉では？」

「客の食べ残しにありつければいいほうさ」

「〈体制派〉の連中に頼めば、いいもん食わせて貰えたんじゃねえのかい？」

「それはないよ」

「金を持っている連中ほどけちだからな」

「けちなのは那奈原藩のお殿様だよ」

「へえ……、それはまた、なんでだ？」

「四年前の飢饉の後、お殿様は新しい田圃《たんぼ》を作って、もっと米が穫《と》れるようにしたんだ」

「新田開発のことか？」

「そんな難しい言葉は知らない。でも、お殿様は、増えた米を自分で溜め込むだけで、あたいたち百姓には回してくれないんだ」

「備蓄米のことを言っているのかな？」

「だから、難しいことはわからないって。香月様たちは、お殿様が溜め込んだ米をこっそり売り捌《さば》いて、手に入れたお金をあたいたち百姓に配っているんだって」

「へえ……」慎三は皮肉な笑みを浮かべた。「おまえの家族もその恩恵にあずかっているのかい？」

「そうさ」

「なぜわかる？」

「香月様がそう言っていたもの」

「確かめたのか？」

言葉が途切れ、視線が泳ぐ。

「ほらな」

家族との連絡は禁じられていた。伊勢屋からは、〈おまえのやっている仕事は誰にも知られてはならない。家族との連絡を禁じるのはおまえと家族を守るためだ〉と言われていた。

「最近、家族と文《ふみ》のやりとりはしていないから……」

一呼吸置くと、慎三はいきなり立ち上がった。

「さっきの種明かしをしてやろう」

「え？」

「おい」と声をかけると、厨房から出てきたのは先程の女だった。

「やっぱりお志乃ちゃんだ！」

だが、その女は、液体を含ませた布を目尻に当て、ゆっくりと動かし始めた。

「……？」

貼り合わされた皮膚が、糊を溶かす薬によって、少しずつ剝《は》がれていく。それにつれて、垂れていた目尻が徐々につり上がり、細かった目も大きくなってきた。啞然《あぜん》とするお咲の前で、志乃と思われた女の顔は、やがて別人のものになった。

「ご苦労だった」

変装していた女はふふっと笑った。

「こんなに顔が変わるなんて、自分でも驚いた。なんだか、まだ顔がごわごわしている」

「よく顔を洗ってくれ。顔の感覚はすぐに戻る」

「わかった」

頷いて厨房に消えた女を目で追いながら、お咲は何が起きたのかわからずに呆《ぼう》然《ぜん》としていた。

「驚いたか?」

「お志乃ちゃんじゃなかったの?」

「あれはお春。この店の主人の娘だ。おまえの友達に似せて化粧した」

「なぜ、お志乃ちゃんの顔を知っているの?」

「昨日、あれから伊勢屋に立ち寄り、お志乃って娘を呼び出して貰った。その顔を憶《おぼ》えた」

「一体、何のためにこんなことを?」

「俺の化粧の腕を見て貰うためだ」

「意味がわからないよ。化粧の腕を見せて、あたいにどうしろっているのさ?」

「おまえを〈体制派〉の会合に送り込み、情報を取りたい」

「利用したいってこと?」

「それもある。だが、そこで話されていることを聞けば本当のことがわかる」

「本当のこと?」

「おまえが騙されているってことさ」

「馬鹿らしい……」

「そうかな?」慎三は顎を撫でながら笑った。「自分でも迷っているんじゃねえのかい？」

「馬鹿言ってるんじゃないよ」

抗弁するお咲だったが、その顔は明らかに強《こわ》ばっている。

慎三はそれを黙って見つめる。

二人とも無言のなか、番茶を持ってきたお春が茶碗を置いた。

ことりという音がやけに大きく響く。

それに合わせたかのように、お咲は慎三に向き直った。

「あんた、一体何者だい？」

「ただの髪結いさ」

「その髪結いが、なぜあんな奇妙な化粧を？」

「そっちは裏稼業ってわけだ」

「じゃあ、那奈原藩のことに首を突っ込むのは？」

慎三はにやりと笑った。

「金のためさ」

「金……？」

「いい加減に目を覚ましたほうがいいぜ。香月と伊勢屋は、おまえを使って連絡を取り合い、米を大坂に運んで売り捌いてきた。だが、稼いだ金は連中の懐に入るだけで、那奈原の百姓たちにはびた一文渡っちゃいねえ」

「何を証拠にそんなことを……」

「それを摑もうってのさ。どうだい、力を貸しちゃくれねえか？」

お咲はすぐには答えなかった。だが、その形のいい眉は微かに歪んでいる。あと一押しだと踏んだ慎三は、一つの提案をした。

「試しに、化粧をさせて貰えねえか？」

「え？」

「頬骨は低い。えらは張ってねえし、顎も小さい。唇は細いが、厚くも薄くもねえ」

「何が言いたいの？」

「顔に癖がねえってことさ。癖がなければどんな顔にでもできる。それに、おまえの声の幅は人の倍ほどはあるようだ」

「はあ？」

「伊勢屋に言いつけると啖呵《たんか》を切った時の凄味《すごみ》を利かせた声、そして味噌汁が美味いと驚いた時の子供のような声。とても同じ人間のものとは思えない」

「だから？」

「見た目だけでなく、声も変えられる。すなわち、生まれながらの才能を持っているってことさ。〈替え玉〉としての、な」

「そんなこと言われても……」

「何事もやってみなきゃわからねえ。どうだい？ 騙されたと思って化粧して、その出来映《できば》えが気に入ったら、別人としてあいつらの会合に出てみないか？ ただとは言わねえ。五百文出そう」

「五百文も？」

「ああ。どうせ、あの田之上って岩のような顔の男に払わせるんだ。気にすることたあねえ。それに、これでおまえの胸のわだかまりが解けるのなら、一挙両得ってもんだ」

お咲は考えた。この男の言葉を待つまでもなく、最近の香月の態度には疑問があった。以前はお咲を同志として扱い、貧しい者の救済を熱く説《と》いていたが、最近はそのような話をすることもなくなり、当たり前のように指示を与え、そして夜は乱暴に抱く。後任の下谷も、那奈原の領民のためだと繰り返すが、お咲を単なる道具としか見ていないことは明らかだ。

しばらくして、お咲は顔を上げた。

「本当にばれないかい？」

慎三は大きく頷いた。

「それは保証する」

「わかった……。やってみるよ」

「ありがてえ。恩に着るぜ」

「で、どうすりゃいいのさ？」

「まずは、昨夜、下谷から聞いたことを教えてくれるかい？」

お咲は番茶を飲みながら話し始めた。

それによると、今夜、帰国する香月の送別会も兼ねた〈体制派〉の会合が催《もよお》されるらしい。

慎三は不敵な笑みを浮かべると、立ち上がった。

「奥の部屋で化粧の準備が整っている。おまえを別人にしてやるよ」

五．弥生二十日　那奈原

山深い信州《しんしゅう》の春は遅い。

四万石の那奈原藩の城に高い天守閣《てんしゅかく》はないが、丘の上に築かれているため、そこからの眺めは格別だ。

特に、今日のような晴天の午後、碧《あお》い空の下にうっすらと雪をかぶった山々が連《つら》なる様は、江戸ではまず見ることができない絶景といえる。

その雄大《ゆうだい》な眺めを前に、一人の若者が立っていた。

那奈原藩主、那奈原資盛。

多少面長《おもなが》だが、利発そうな黒目がちの目と、意志の強さを思わせる真《ま》っ直《す》ぐな眉。細身の体はしなやかで、いかにも俊敏《しゅんびん》そうだ。両足をしっかりと地に付け、背筋を真っ直ぐ伸ばした様は、自然体でありながらも、芯から鍛《きた》えられた体幹の持ち主であることを物語っている。

だが、眼前に広がるせっかくの絶景も、今の資盛の目には単なる灰色の景色にしか映らない。その原因は、先ほど謁見《えっけん》の間から出ていった次席家老、渕上新衛門がもたらした凶報だった。資盛の幼少時の剣術指南役、蔵前仲輔が、江戸から那奈原への旅の途中、金目当ての賊から旅人を救おうとして命を落としたというのだ。賊はかなりの人数で、襲われていた女を庇《かば》った蔵前は、その剣の腕を十分に発揮《はっき》できないまま、無念の最期《さいご》を迎えたらしい。

渕上はこうも言った。

藩きっての剣客が賊に討たれたとあっては面目《めんぼく》が立たぬ。急な病《やまい》で身罷《みまか》ったことにする、と……。

資盛は目を閉じ、しばし黙考した。

腑に落ちない。

いくら賊が多数で、庇うべき者がいたとしても、それなりの戦い方があるはずだ。いや、そう教えてくれたのは蔵前本人ではないか。

――仲輔……。

どっしりと腰を落として正眼《せいがん》に構える姿が脳裏《のうり》に浮かぶ。

幼い頃から体が弱く、ちょっとしたことで熱を出していた資盛は、母の志保《しほ》や乳母《めのと》から、まるで真綿《まわた》でくるむようにして育てられた。

十歳になると、資盛の剣術指南役として蔵前が指名された。

蔵前は、資盛の虚弱《きよじやく》な体質を改善するため、朝早くから庭に呼び出し、上半身諸肌脱ぎで乾布摩擦《かんぷまさつ》をさせた。その後は重い木刀での素振《すぶ》りが二百回。そして手合わせ。

案の定、資盛はあっという間に熱を出して寝込み、真っ蒼《まさお》になった乳母は蔵前の罷免《ひめん》を願い出た。このままでは資盛は死んでしまうというのだ。

だが、先代藩主の武盛はそれを許さなかった。いかに太平《たいへい》の世とはいえ、これしきの鍛錬《たんれん》に耐えられないような者に藩主は務《つと》まらない。資盛が駄目なら、体の強い弟の重盛《しげもり》を藩主にするまでだと。

それを承知している蔵前は、資盛に万一のことがあった場合は腹を切る覚悟で、無理を承知の鍛錬を行なった。資盛は体こそ弱いが、心は決して弱くはない。いや、むしろ評価すべきものを持っている。喩《たと》えるなら竹。上を目指して真っ直ぐに伸びながら、しなやかで折れにくい。

蔵前の見込みどおり、資盛は決してへこたれなかった。

最初のうちはすぐに発熱して倒れていたが、熱が下がれば再び鍛錬に戻る。それを繰り返しているうち、発熱の頻度《ひんど》は徐々に減っていった。たとえ発熱しても、回復までの時間が短くなった。そして、蔵前に国元への異動の命が出た頃には、その体は見違えるほど強靱《きょうじん》なものとなっていた。同時に、資盛の蔵前に対する信頼も揺るぎないものとなった。

その蔵前が、いくら旅人を庇ったとはいえ、賊に討たれるなぞ、どうして信じられようか……。

歯ぎしりする資盛の目に、いつしか涙が浮かんできた。


同じ頃、謁見の間から出て廊下を歩く次席家老、渕上新衛門の弛《たる》んだ頬は、浮かんでくる笑みで、より一層緩《ゆる》んでいた。

もともと肥満《ひまん》していた体は、最近、さらに太くなった。顎や腹だけでなく、体のいたるところに蓄《たくわ》えられた脂肪は襞《ひだ》となり、歩く度《たび》に上下に揺れる。まるで、なめくじが立って歩くような様《さま》は、滑稽《こっけい》を通り過ぎ、不気味ですらあった。

「これで邪魔者は消えた……」

目の下に浮いた隈《くま》を歪ませ、渕上は独《ひと》り言《ご》ちた。

資盛の蔵前に対する信頼はことのほか厚い。その蔵前が命を賭《と》して直訴《じきそ》すれば、たとえ米の横流しについての証拠がなくとも資盛の心は動くだろう。それは渕上が最も恐れる事態だった。

だが、昨日早飛脚で届いた手紙によると、その蔵前を鴻巣宿の手前で討ち取ることに成功したという。

刺客団の頭目である篠崎の帰国を待ち、確かに蔵前を仕留めたことが確認でき次第、一気に行動に出るつもりだ。〈改革派〉の面々をすべての要職から外し、抵抗するものは討つ。

不気味な笑みを浮かべた渕上は、太った体を引《ひ》き摺《ず》るようにして、長い廊下を歩き続けた。

六．弥生二十日　中山道

春之助は松井田宿を出立《しゅったつ》し、中山道を歩いていた。

今日は坂本《さかもと》宿、軽井沢《かるいざわ》宿、沓掛《くつかけ》宿を経《へ》て、三日目の宿泊予定地である追分宿まで辿りつく予定だ。

道中、春之助の姿はいやでも人目を引いた。

すれ違う旅人は、あっと驚くか、視線を避けるか、連れ合いと囁きあうか、いずれかの反応をみせる。

まるで歩く芝居看板のような出で立《いた》ちに、我ながら苦笑するしかない。

昨夜は松井田宿に宿泊したが、死んだはずの武士が旅を続けているという噂《うわさ》はかなり広まっているらしく、まるで幽霊《ゆうれい》でも見るかのような視線を浴びた。

いくつかの宿で断わられ、四つ目でようやく受け入れてもらえた春之助は、部屋に通されるや、畳の上にどっと身を投げた。

疲れた。

首から吊るされた腕は自由が利かない。さらしで巻かれた片目は見えない。歩き難《にく》いことこのうえない。そのうえ、刺客はいつ襲ってくるかわからない。

ないない尽くしで疲労困憊だ。

替え玉屋の慎三という男、用心棒は松井田宿辺りで合流すると言っていたが、そのような者が現われる気配はなかった。

田之上も自分も、まんまと騙されたのではないだろうか？

次々と湧《わ》き上がる不安にさいなまれていると、襖の外から声がした。

「お客様、お風呂をどうぞ」

春之助は、上半身だけ起こすと、声を上げた。

「怪我をしている故、風呂は使えぬ。すまぬが、湯の入った盥《たらい》と手ぬぐいを持ってきてくれぬか」

「へい」という返事を残し、下男は階段を下りていった。

春之助は溜息をついた。

これだけ疲れているのに風呂にも入れない。これは難儀だ。

顔の影を作るための化粧は毎夜落とし、朝には慎三に教えられたとおりに塗り直すのだが、問題は肌と肌を貼り合わせている糊だった。粘着力が落ちるという理由で、湯に浸《つ》かるのは禁じられている。

味気ない夕食を済ませ、早めに床に就いた春之助は、早朝に松井田宿を出立し、こうやって歩を進めているのだ。

周囲を警戒しながら歩くこと半日。

難所の碓氷《うすい》峠《とうげ》を越えた頃には、足が棒のようになってしまっていた。腹も減った。一息つこうとは思ったものの、周囲には茶店もない。人影もまばらだ。

上野国《こうずけのくに》から信濃国に入ったあたりから、何者かに見張られているような気がしていたが、まだ人通りがあったためか、何事も起こらなかった。しかし、そろそろ危ないかもしれない。

午後になり、もうすぐ軽井沢というところまで来た。

周囲に人影はない。

折からの疾風《しっぷう》。ざっという音をたてて木の枝がさざめく。それと同時に、街道の脇から現われた三つの影。

春之助は思わず立ち止まった。

進み出た一人が声を上げた。

「蔵前だな?」

春之助は片目を凝らして相手を見た。見覚えのある顔だ。名前は思い出せない。

一方、春之助の前に立ちはだかった吉沢は、まるで幽霊でも見たかのように唸り声をあげた。

——確かに蔵前……。

右手に傷を負い、片目をさらしで覆っているが、顔つきといい、体格といい、本人に間違いない。

緊張で体が震える。

怪我をしていなければ、到底敵《とうていかな》う相手ではない。いや、たとえ怪我をしていても、互角に持ち込めるかどうか……。

だが、こちらは三人。勝てない道理はない。

他方の春之助も、身体を動かせないほど緊張していた。

予想されたこととはいえ、いざ現実のものとなると膝が震えて止まらない。

しかし、ここは蔵前になりきり、堂々とした態度を見せなければならない。

短く息を吐いた春之助は、蒼ざめた顔を上げ、しっかりと頷き返した。

それを見た吉沢は、手下の木下と榎本と目を合わせ、頷き合った。

周囲を見渡す春之助。

人影はない。

あの慎三という男、用心棒を手配すると言っていたが、一体どこにいるのか。

——騙しやがったな……？

そう心のなかで吐き捨てる間にも、吉沢たちはじりじりと間合いを詰めてくる。一気に斬りかかってこないのは、手負いとはいえ、藩随一《ずいいち》と言われる蔵前の剣の腕を警戒してのことだろう。

だが、それも長くは続かなかった。

一向に剣を抜かない春之助に不審を抱いたのか、相手の一人が訊いた。

まう。

「なぜ抜かぬ？」

春之助は答えない。いや、答えられない。自分の甲高《かんだか》い声では変装がばれてし

黙ったままでいると、吉沢は正眼の構えを上段に変えた。

「抜く、抜かないはそのほうの勝手……。いざ、参る」

その言葉を合図に、三人は一斉に襲いかかってきた。

次の瞬間、春之助はくるりと体を回転させ、思い切り地を蹴った。

吉沢たちの剣は虚《むな》しく宙を切り、勢い余った三人は揃《そろ》ってたたらを踏んだ。ま

さか、藩きっての剣客が敵に背を向けるとは思ってもみなかったのだ。

ようやく体勢を立て直したとき、春之助は遥《はる》か先を走っていた。

「待て！」

吉沢は刀を手にしたまま猛然と後を追った。

遠足《とおあし》（＝マラソン）では誰にも負けない自信がある春之助だったが、重い大小を帯び、しかも右手を吊った状態では、思うように速度が出ない。

身体の均衡《きんこう》が崩れそうになるのを堪《こら》え、必死で走っていると、追ってくる刺客の足音が耳に届いた。

――これは……。

この独特の歩調には覚えがある。藩の遠足大会で背中越しに聞いたものだ。あの時、この足音は、先頭を走る春之助を執拗《しつよう》に追いかけてきた。確か、吉沢平蔵という名前だった。桐生流体術の達人だが、剣もかなりの腕だ。大会ではなんとか逃げ切れたが、体の自由が制限された今の状態ではわからない。

案の定、しばらくすると、足音どころか、荒い息づかいまでが耳に入ってきた。

これ以上間合いを詰められると刀が届く。

――くそ！

速度を上げる。

心臓が狂ったように鼓動し、両足の筋肉が引《ひ》き攣《つ》り始めた。それに耐え、さらに速度を上げると、今度は息が切れてきた。江戸詰めになってからの鍛錬不足が悔《く》やまれる。

ぶんという刀の風切り音。

着物の端が千切《ちぎ》れ飛んだ。

あと一寸で背中をざっくりと切られているところだ。

息を継ぐ間もなく二刀目が襲いかかる。

それを避けようとした瞬間、平衡感覚を失った春之助の体は右に傾き、そのまま地面に突っ込んだ。それに躓《つまず》いた吉沢が一緒に突《つ》っ伏《ぷ》す。ちょうど坂道に差し掛かっていたこともあり、二人の身体はそのまま転がり続けた。

酷《ひど》く体を打ち付けた春之助が呻《うめ》きながら起き上がるよりも早く、木下と榎本が追いついてきた。

吉沢も立ち上がった。

三方を固められた春之助は、地面に腰をついたまま、引き攣りそうになる喉《のど》で唾《つば》をごくりと飲み込んだ。

吉沢は肩で息をしながら声を上げた。

「逃げるとは卑怯《ひきょう》なり。尋常《じんじょう》に勝負されよ！」

相手は蔵前だと信じている。まだ正体はばれていない。慎三の化粧はすごい。

だが、前も後ろも囲まれては、もはや逃げ場はない。

――これまでか……。

顔を上げると、剣を正眼に構えたまま動かない吉沢の姿が目に入った。

武士の面目を重んじ、立ち上がるまで待つということだろう。

こうなっては、剣を抜くなという慎三の言いつけに背《そむ》いてでも、一戦交《まじ》えるしかない。

意を決した春之助は立ち上がり、吊るした襷《たすき》からゆっくりと右手を抜いた。

その時、思いもかけないことが起きた。

どこからともなく駆けつけた男がいきなり刺客たちに襲いかかったのだ。

異変に気づいた三人が振り返った時、その男は、上段に構えた二本の刀を木下と榎本に向かって振り下ろしていた。

二人の目がこれ以上ないほど見開かれる。

そこに映った最後の光景は、迫りくる刀身の冷たい光だった。

ドンッという鈍い音とともに、二人の体から鮮血が噴き出す。

振り下ろした刀を持ったまま突進した男は、その勢いで吉沢の眉間《みけん》に頭突きを食らわせた。吉沢の頭のなかで星が散り、数歩ほど後ずさる。ふらつきながらも、なんとか踏み留まり、目に入った血を拭った瞬間、凄《すさ》まじい衝撃が胸を貫《つらぬ》いた。

――え……?

何が起きたのかもわからない。視線を下げると、胸に突き刺さった二本の刀が目に入った。そのうちの一本は心ノ臓を貫いている。

男は吉沢の胸に足をかけると、ぐっと伸ばして刀を引き抜いた。反動でゆっくりと後ろ向きに倒れる吉沢の胸から、血が噴水のように飛び出した。

この間、瞬《まばた》きにしてほんの数回。

言葉も出ないとはこのことだ。

三人を瞬殺した男は、何事もなかったように二本の刀を振り払って血を落とし、呆然と立ち尽くす春之助に向かって言った。

「すまぬ。待たせてしまった」

着流し姿に月代《さかやき》を剃《そ》らない総髪。歳は慎三より少し上か。長身。盛り上がった肩。二本の刀を自由に操《あやつ》る太い腕。日焼けした顔には無精髭《ぶしょうひげ》。だが、涼しげな目元には妙な愛嬌《あいきょう》がある。

「急いで来たのだが、前の仕事に少々手こずってな」

「あなたは……？」

「久坂新之丞《くさかしんのじょう》」

「慎三殿が手配したという用心棒ですか？」

新之丞は頷くと、苦笑いを浮かべた。

「あいつは人使いが荒い。この前に二つも仕事があった。それを終えて急いできたのだが、遅くなってしまった」

「いえ、そのようなことはありません。助かりました。恩に着ます」

春之助は深々と頭を下げた。

この男が現われなかったら、死体になって転がっているのは自分のほうだ。慎三のことを疑っていたが、約束は守ってくれたようだ。

感謝しながら顔を上げた春之助は、「おっと」と声を上げて身を引いた。

目の前に新之丞の顔がある。

無遠慮に目を近づけ、春之助の顔をしげしげと覗《のぞ》き込んでいるのだ。

「なんでしょうか?」

「いや、さすがは慎三だと思ってな。貴殿の本当の顔がどんなものなのか、一向にわからぬ」

「はあ……」

「今は陽《ひ》も高いので、ここまで目を近づけると、さすがに化粧だとわかるが、夜、行灯のもとでは、いくら近くてもわからぬだろうな……」

「顔が強ばって困ります」

「贅沢《ぜいたく》を言うな。数日の辛抱《しんぼう》だ」

「はあ」

新之丞は周囲に目をやった。

幸《さいわ》い、今は誰もいないが、いつ人が通りかかるかわからない。

新之丞は春之助を促した。

「人が来ると厄介《やっかい》だ。先を急ごう」


早足で現場を立ち去った二人は、そのままの勢いで峠を越えた。

あとは、道なりに行けば追分宿に着く。

「少し休もう」

肩で息をしながら木に寄り掛かった新之丞は、手拭いで汗を拭いた。

「さすがに疲れたな」

「ええ」と答えた春之助だったが、あまりに急いだため、まだろくな話もしていない。

春之助は新之丞に訊いた。

「あの……、私の役目については、どのようにお聞きになっていますか？」

新之丞は、何をいまさらという顔をした。

「貴殿は蔵前という武士の替え玉として那奈原藩へ向かう。それを拙者が守る。そういうことではないのか？」

「そのとおりです。敵は私の到着を防ぐべく、次々に刺客を送ってくると思います」

「まあ、そうだろうな」

「しかし、私の剣の腕はお恥ずかしい限り」

新之丞は日焼けした顔を綻《ほころ》ばせた。

「それも聞いている。それ故《ゆえ》、拙者が敵を食い止め、その隙《すき》に貴殿は逃げる。そうであろう？」

「戦うことが武士の本分であるにもかかわらず、面目ござらん」

「まあ、そう難しく考えなくてもよかろう。とにかく、貴殿は逃げることだけを考えれば良い」

——なんと大雑把《おおざっぱ》な……。

微かな不安が胸を過《よ》ぎる。

だが、先程の立ち合いを見る限り、剣の腕は確かなようだ。

「修行された流派は二刀流なのですか？」

二本の剣を使う二刀流は、一見効果的に見えるが、相手が渾身《こんしん》の力で打ち込んでくる刀を片手で受けるには人並み外れた筋力が必要だ。それに、そもそも重い刀を片手で操るのは容易《ようい》ではない。相当な鍛錬がいる。

だが、新之丞はあっさりと首を振った。

「違う」

「では、どうして？」

「なぜ訊きたい？」

「いえ、特に深い訳は……」

「では、無用にされよ。拙者の役目は貴殿を守ること。一刀流か二刀流かは関係なかろう」

「はあ……」

「所詮は金で雇われる身。雇い主が代われば敵にもなる」

だから、簡単には手の内は明かさないということなのだろう。考えてみれば当然だ。

「気が回らず、すみませんでした」

「気にするな」新之丞は豪快に笑った。「追分宿まではあと少しだ。そろそろ出立しよう」

七．弥生二十一日　江戸　本所

お咲は、まだ明け切らぬ弥勒寺の境内にやってきた。

慎三が姿を現わすと、駆け寄り、崩れるように身を投げる。

昨日、慎三の化粧で別人に変装し、〈体制派〉の会合に女中として紛《まぎ》れ込んだお咲は、そこで交わされている会話の内容に驚愕《きょうがく》した。これまで聞かされていたものとは全く違う。米の売却代金は、国元の貧しい人々の救済に充《あ》てられるどころか、豪華絢爛《けんらん》な会合の代金もそこから捻出《ねんしゅつ》されていたのだ。

宴会は明け方まで続き、途中で藩士の一人に寝床に引きずり込まれそうになったお咲は、言い訳を作って逃げ出してきた。

「まあ、本当のことが確認できて良かったじゃねえか」

泣きじゃくるお咲を抱きしめながら、慎三はそう言って慰《なぐさ》めた。

「でも、あたいは国元のみんなを裏切っていたんだ」

「騙されてやっていたことだ。だれも咎《とが》めやしねえさ」

「でも……」

「本当のことを知らなきゃ、これからも利用され続けたんだ。それに比べりゃずっとましさ」

慎三は、それでも泣き止《や》まないお咲の顎に手を遣《や》ると、上を向かせた。涙でぐしゃぐしゃになった顔の化粧は取れかかっている。

「四年前の飢饉で、あたいの幼い妹が死んだ。もともと体の弱い子だったから、あまり長く生きられないとは言われていたんだけど、あの飢饉さえなかったら、もう少しは……」

涙が止まらない。

「江戸の人にはわからないと思うけど、飢饉のとき、あたいたちは、食べられるものなら何でも食べた。米や麦なんてないから、芋《いも》や大豆《だいず》、粟《あわ》や稗《ひえ》、襖《ふすま》、糠《ぬか》まで食べた。それが無くなったら大根の干し葉、大豆やたんぽぽの葉、夕顔の茎《くき》、烏瓜《からすうり》の根……。馬、犬、猫、蛇《へび》、蛙《かえる》、たにし、いなご……」

「もういい。思い出すな」

「ばあちゃんは自分の食べる分をあたい達に分けてくれた。自分は腹いっぱいだからって。でも、数日後、ばあちゃんは布団《ふとん》のなかで冷たくなっていた。ばあちゃんだけじゃない。村の年寄りは何人も死んだ。あたいたちみたいな若い者を生き残らせるために……。でも、それでも食べるものが足りず、あたいらは口減らしのために奉公に出されたんだ」

「そうか……」

「もう、こんな悲しいことはたくさんだ。せめて、あたいで終わりにしたいと思って……、そう思って……」

慎三は、お咲が落ち着くまで、その細い体を抱きしめ続けた。

そのうち、しゃくり上げる声は徐々に小さくなっていき、やがて止まった。

「少しは落ち着いたかい？」

頷くお咲。

しばらく間を置くと、慎三は言った。

「おまえの気持ちはよくわかった」

「……」

「そのうえで、敢えて言わせて貰うなら、おまえの選べる道は二つだ」

「二つ……？」

「ああ。一つはこのまま田舎に帰る」

お咲は首を振った。

「あたいはみんなを裏切ったんだ。どの面《つら》下げて帰れるっていうんだい」

「もう一つは、あいつらに復讐《ふくしゅう》する」

「復讐？」

「ああ。一泡吹かせてやるんだよ」

「できるものなら……、そうしたいに決まっているさ」

お咲が涙を拭うと、糊が剝《は》がれ、片目だけが元に戻った。

「手荒に扱うと肌を傷《いた》めるぜ」

慎三は手拭いを出し、糊を溶かす薬を含ませ、顔に当てた。

最初は優しく、そして細かく皮膚を拭う。糊が緩くなり、皮膚が剝がれ始めたところで、今度は少しずつ力を入れる。一拭いするごとに変わっていく顔は、一夜限りの弱い糊を使っていたこともあり、やがて完全に元に戻った。

手拭いをしまいながら、慎三は訊いた。

「腹は減ってないか？」

「そんなことより、どうやって復讐するのかを教えておくれよ」

「まあ、そう急《せ》くな。清洲屋を開けて貰っている。朝飯を食いながら話そう」

清洲屋には先客がいた。

風采《ふうさい》の上がらない中年男だが、目つきは異様に鋭い。

慎三は、たじろぐお咲をその前に座らせた。

「あの……」

「辰吉さんだ。通称、〈丑三つの辰吉〉。俺の仲間さ」

辰吉は射るような視線を向け、頬だけを緩めた。

お咲の顔が引き攣る。

慎三は腰を下ろしながら笑った。

「相変わらず怖えな。若い娘さんにくらい、愛想《あいそ》よくできねえんですか?」

「生まれつきなんだ。今更どうにもならねえよ」

お春が三人分の朝食を運んできた。

昨日と同じような献立《こんだて》だが、今日は湯豆腐のかわりに卵焼きが付いている。

「腹が減っているんだろう?」

辰吉は自分の皿に盛られた卵焼きの一つを箸で摑み、お咲の皿に載せた。

「ありがとう」

見た目ほど怖くはないとわかり、ほっとしたお咲は、手を合わせて箸を取った。

朝食を摂りながら、お咲は昨日の会合での会話の内容を二人に伝えた。

「米は今夜中に伊勢屋の蔵に届けられるってことだな?」と、辰吉が飯を頰張ったまま訊いた。

「喋《しゃべ》るか食べるか、どっちかにしなよ」

たしなめる慎三の隣で、目刺しをむしっていたお咲が頷いた。

「伊勢屋は大坂行きの船が出る前夜じゃないと米を受け取らないんだ。主人の源《げん》治郎《じろう》は人一倍小心者で、横流しの情報が漏れて奉行所に踏み込まれることを恐れている。だから、米を運び込む蔵もその都度変える。その場所を香月に伝えるのがあたいの役目だったんだ」

「おい、おまえも喋るか食べるか、どっちかに……」と慎三。

「そんなに奉行所が怖いなら、いっそ、米は直接船に届けさせりゃいいじゃねえか」

「船が出る、出ないはその日の天候次第だから、それはできないらしい」

「なるほど」辰吉は味噌汁をすすった。「伊勢屋にとって、出航前夜の米の受け取りが、ぎりぎり許せる限度って訳か」

二人とも、せわしく箸を動かしながら喋り続ける。

たしなめることを諦めた慎三は、箸を置き、自分も会話に加わった。

「今日は弥生の二十一日。大坂行きの船の出る日だ。ということは、米はもう船に運び込まれているんじゃねえのか？　いや、船自体がすでに出港しているかもしれねえ」

お咲は首を振った。

「米が伊勢屋の蔵に持ち込まれた後でわかったらしいんだけど、昨日江戸に着くはずだった船の到着が、時化《しけ》のせいで今日になるんだって。その船に米を載せて大坂に折り返すのは明日らしい」

慎三が懐に手を突っ込み、一枚の紙切れを取り出した。

〈木の葉〉でお咲が渡した紙の写しだ。

「まだ持っていたのかい？」

紙には両側に四角の絵が書かれている。

それを食台に置き、慎三は訊いた。

「伊勢屋はいくつかの蔵を持っている。教えてくれ。米はどの蔵にある？」

お咲は紙を覗き込んだ。

「両国《りょうごく》の河岸だね」

「なぜわかる？」

「酔った香月が教えてくれたことがある。四角は〈国〉って字を表わしているんだって。それが紙の両側にあるから両国」

「なるほど。言われてみれば単純な暗号だ」と辰吉が笑った。「で、蔵に運び込まれた米の量は？」

「昨日の宴席で、今回だけで百二十両にはなるって言っていた奴がいた」

慎三は顎を撫でた。

「今の相場は一石が約一両。一石は二俵半。ということは、米三百俵はあるな」

お咲がじれったそうに訊いた。

「奉行所に連絡して、米を船に運び込む現場を押さえるんだろう？」

辰吉は首を振った。

「米に色はねえ。伊勢屋が自分の米だと言い張ればそれまでだ」

「この書付の写しを奉行所に渡してもかい？」

「これはただの紙切れだよ。いくら奉行所に説明したところで、伊勢屋はなんとでも言い逃れをするだろう」

「じゃあ、どうするんだい？　船は明日出ちまうんだよ？」

慎三は不敵な笑みを浮かべ、お咲を見返した。

「まあ見ていな。香月って野郎と伊勢屋をあっと言わせてやるぜ」

第三章　和田《わだ》峠

一．弥生二十一日　中山道

慎三がお咲の話を聞いている頃、新之丞を伴《ともな》った春之助は、眠い目を擦《こす》りながら、長窪宿を目指していた。

昨夜、二人は追分宿の旅籠《はたご》に泊まった。

湯殿《ゆどの》も使えず、顔も洗えない春之助は、女中に持ってきてもらった盥《たらい》の湯で体を拭《ふ》きながら、新之丞に訊《き》いた。

「明日からは、他の旅人に混じって歩くというのはどうでしょう？　そうすれば〈体制派〉の連中も迂闊《うかつ》には手は出せません」

刀の目釘《めくぎ》を抜き、柄《つか》と茎《なかご》の間にこびりついた血を拭《ぬぐ》っていた新之丞は、手を止め、顔を上げた。

「国元に近づけば近づくほど、敵は手段を選ぶ余裕がなくなる。周囲の人間を巻き込んででも襲ってくるだろう。犠牲者《ぎせいしゃ》が出るぞ」

「そう、ですね……」

それ以上、特に会話もなくなった。

血を拭き終わり、大刀の柄に目釘《ざ》を挿して鞘《さや》に納めた新之丞は、次に小刀の手入れを始めた。

沈黙が続いているうち、女中が夕餉《ゆうげ》を運んできた。

近くで獲れたらしい川魚の塩焼きと山菜の和《あ》え物という粗末《そまつ》な膳だが、なぜか酒が付いていた。

「酒は頼んでおらぬぞ」

新之丞が言うと、女中は笑顔を見せた。

「店の主《あるじ》からの差し入れです」

春之助への差し入れという意味だろう。

死んだはずの武士が旅をしているという噂《うわさ》は、もはや中山道の名物のようになっているらしい。

小刀を鞘に納め、膳に向き直った新之丞は、春之助に言った。

「せっかくなので頂戴《ちょうだい》しよう。だが、いつ襲われるかもわからぬ。一杯限りだぞ」

春之助は頷《うなず》き、新之丞の盃《さかずき》に酒を注《つ》いだ。

だが、案の定、酒は一杯では終わらなかった。

盃を重ねるうち、口が滑らかになってきた新之丞は、春之助に訊いた。

「今日、貴殿は、戦うことが武士の本分だと言ったな？」

「はい」

「本当にそう思っているのか？」

「違うのですか？」

新之丞は首を振った。

「違うな」

「これは異なことを。戦《いくさ》こそ武士の本分と心得ますが」

「今は太平の世だ。戦だけが忠義《ちゅうぎ》を果たす道でもあるまい」

「新之丞殿は、ご自分がお強いからそう言えるのです」

注がれた酒を呷《あお》ると、新之丞は自嘲《じちょう》気味に笑った。

「拙者には他に生きる道がないだけだ」

春之助はまた酒を注ぐ。

「新之丞殿は北陸のご出身なのですか?」

「なぜわかる?」

「江戸で付き合いのある大聖寺藩《だいしようじ》(=加賀《かが》藩の支藩)の人と同じような話し方をされます」

「近いが、違うな」

酒が回ったせいか、新之丞は、少しずつではあるが、自分のことを話し始めた。それによると、出身は北陸の小藩で、父親は郡方《こおりかた》(=年貢《ねんぐ》の収納等、農民の統制を行う職務)を務めていた。

「だが、ある日、新しい水路の建設を巡って勘定方の一人が庄屋《しようや》たちから賄賂《わいろ》を受け取っていたことを知った父は、それを上役に訴え出た」

「それは、思い切ったことをされましたね」

「父は正義感だけは強い男だった。それが裏目に出た」

「と、おっしゃいますと?」

「闇討ちに遭《あ》って殺されたのだ」

「え? なぜです?」

「百姓たちにとって、新しい水路がどこを通るかは死活問題だ。賄賂を贈ってでも自分の村に水を引きたがる。一方、あまり水路を長くすると予算が膨《ふく》らむ。だから、水路建設では、常に郡方や殖産方《しょくさんかた》、そして予算を管理する勘定方との間でのせめぎ合いが起こる。その裏では利権が絡《から》み、金が動く。父は、触れてはいけないものに触れてしまったのだ」

「しかし、父上のされたことが間違いとは思えません」

「この手の話は、金と権力がうごめくなかで自然とまとまっていく。何も知らない異分子が混入すると、まとまるものもまとまらない」

春之助は、納得がいかないといった表情で、新之丞の杯に酒を注いだ。

「では、お父上の死後、新之丞殿が家督を継がれたのですか？」

新之丞は首を振った。

「すみません。ご嫡男《ちゃくなん》ではなかったのですか……」

「いや、嫡男だ。だが、後を継ぐべき久坂家そのものが取り潰された」

春之助は目を見開いた。

「なぜです？」

「闇討ちに遭った時、父は刀を抜く間もなく討たれた。それが問題となった。武士として恥ずべき行為というのが取り潰しの理由だ」

「なんと理不尽《りふじん》な……」

「時の権力者が白と言えば、黒も白になる。理不尽な事例を挙げればきりがなかろう。だが、当方側にも多少の支援者が現われ、父の仇を討ち果たした暁には家名の再興《さいこう》が許されることになった。しかしその時、父を斃《たお》した犯人は既《すで》に藩を出ていた。裏で手が回ったのであろう」

「それで新之丞殿も藩の外に?」

「藩から二年の猶予《ゆうよ》を得て後を追った。だが、いつも、あと一歩というところで逃げられ、仇討《あだう》ちを果たせぬまま二年が過ぎた」

春之助はあっという表情をした。新之丞がこのような生業《なりわい》をしている理由がようやくわかった。

新之丞は笑った。

「貴殿の察しのとおりだ。藩との約束の二年はとうに過ぎた。仇討ちを果たせていない以上、帰藩はできない。路銀も尽きた。だから、こうやって用心棒稼業をしている」

「その後、仇はどこに?」

「仇討ちは、追う方も追われる方も地獄だ。今頃は路銀も尽き、拙者と同じ境《きょう》遇《ぐう》になり果てているのかもしれぬ」

「そうですか……」

新之丞はすっかり酔いが醒《さ》めたような顔で春之助を見た。

「貴殿は戦うことが武士の本分と言うが、それは違う。拙者がこのような境遇に陥《おちい》ったのは、頼みとするものが剣しかなかったからだ。もしも他の才覚があれば、父の愚かな振る舞いを止めることができたのかもしれぬ。たとえ止められなかったとしても、仇討ちではなく、他の道で身を立てられたのかもしれぬ。剣だけに頼る武士なぞ、愚《おろ》かなものだ」

あれだけの立ち合いを見せた男のものとは思えない発言に、春之助は返す言葉を失った。

新之丞は黙々と酒を飲んでいる。

再び沈黙が戻った。

顔を伏せ、何か気の利いた一言を、と考えた挙句、春之助はようやく口を開けた。

「しかし、諦《あきら》めないでさえいれば、仇に出会えるかもしれません」

いくら待っても答えは返ってこない。

代わりに聞こえてきたのは穏《おだ》やかな寝息だった。

――え……？

言うだけ言って満足したのか、それとも本当は酒に弱いのか、壁にもたれかかった新之丞は、そのまま寝入ってしまっていた。

二　弥生二十一日　江戸　両国

夜五ツ半（午後九時）。

伊勢屋の主人、源治郎の部屋では、天井から吊《つ》るされ、荒縄で縛られた襦袢《じゅばん》姿のお咲が喘《あえ》いでいた。

源治郎は、脂《あぶら》ぎったあばた顔を近づけ、訊いた。

「もう一度訊くよ。昨夜、おまえはどこにいたんだい？」

「だから何度も言っているじゃありませんか。お志乃ちゃんのおっかさんの具合が悪くなったんで、浅草《あさくさ》のお志乃ちゃんの家で看病していたんですよ」

「一晩中かい？」

「そうです。お志乃ちゃんは用事があってどうしても帰れないというので、あたしが代わりに」

「嘘おっしゃい」

源治郎は縄をきつく縛り上げた。

肌に縄が食い込む。

「痛い！」

源治郎は力を弱めない。縄はさらに食い込み、白い肌に血が滲《にじ》む。

「まだ白状しないのかい？」

「だから、お志乃ちゃんの……」

苦しげな顔で見上げるお咲の縄を緩め、畳の上に下ろして転がすと、源治郎は隣の部屋とを隔《へだ》てている襖《ふすま》を開けた。

「見てごらん」

お咲は目を瞠《みは》った。そこには、同じく縄で縛られたお志乃が天井から吊るされていた。口には猿《さる》ぐつわを嚙《か》まされ、襦袢はぼろきれのようになっている。

激しい責《せ》めで気を失っているのか、全く動かない。

「お志乃ちゃん……」

「全部聞き出しましたよ。お志乃の母親の看病をしていただって？　そんな嘘はお見通しだよ」

お咲は、転がったまま、源治郎を睨《にら》みつけた。

「このくそ野郎！」

「おやおや、これまで面倒を見てあげてきたのに、その口の利き方はないんじゃないのかい？」

源治郎はお咲の前にしゃがみ込み、顎に手をかけると、怒りで紅色《べに》に染まった顔を持ち上げた。

「こういう表情もまた美しい」

目を逸《そ》らすお咲。

「さあ、言うんだ。昨夜は誰と会っていた？　どんな男だ？　あたしよりもそっちが上手《うま》いのか？」

お咲は答えない。

「仕方がないね」

源治郎は、吊るされたお志乃の下に転がっていた竹の棒を摑《つか》んだ。その先はささら状になっている。骨を砕《くだ》くことなく、確実に皮膚を裂《さ》くための道具だ。

「やめて……」

お咲の目が恐怖で見開かれた。だが、竹の棒を手にした源治郎の目は充血し、口元からは涎《よだれ》がこぼれそうになっている。

お咲は観念したように呟《つぶや》いた。

「わかりました。白状します」

「ほう……?」

「手代の富助《とみすけ》さんです。以前から言い寄られていて……」と、お咲は咄嗟《とっさ》に嘘をついた。

源治郎の顔が一気に歪《ゆが》む。

「富助だって? じゃあ、おまえは富助に抱かれていたってことかい?」

お咲は懇願《こんがん》するように目を上げた。

「お願いです。私と富助さんを夫婦《めおと》にさせてください」

想像もしていなかった事態に黙り込んだ源治郎だったが、それも一瞬のことだった。

「香月に貢《みつ》いだとはいえ、おまえはまだ私のものなんだよ。許せるわけがないだろう!」

叫んだ源治郎は、竹の棒を大きく振りかぶった。

思わず目を瞑《つむ》るお咲。

だが、その棒が振り下ろされることはなかった。

お咲が目を開けたとき、眼前には気を失った源治郎が転がっていた。

その首筋には赤黒い打ち身の痕がある。

「大丈夫か？」

顔を上げると、顔に頰被《ほっかむ》りをした男が目に入った。

〈丑三つの辰吉〉だ。

「薬が効くまで待っていられなかったんでな」


実は、お咲に伊勢屋に戻るよう頼んだのは慎三だった。

お咲の情報から、源治郎が自分の部屋の金庫に米蔵の鍵と裏帳簿を保管していることを知った慎三は、それを盗み出すよう辰吉に依頼した。

だが、源治郎は金庫の鍵を肌身離さず持っている。その鍵を手に入れ、源治郎の部屋に忍び込んで帳簿を盗み出すには身内の協力が不可欠だ。

お咲はその役目を引き受け、眠り薬入りの茶を源治郎に飲ませることに成功した。

だが、特異体質なのか、その薬はなかなか効かなかった。

それどころか、〈体制派〉の会合に潜入して伊勢屋に帰ってこなかったお咲が他の男と浮気していたと勘違いした源治郎の責めを受けることになってしまったのだ。

天井裏に忍び込んでいた辰吉は、それを見るに忍びず、盗みに際しては決して他人《ひと》に手を出さないという戒《いまし》めを破り、源治郎に手刀《しゆとう》を叩き込んでしまったというわけだ。

辰吉が縄を解くと、お咲はよろめくようにしてお志乃に駆け寄った。

「お志乃ちゃん！」

お志乃は荒い息をしている。

「大丈夫だ。気を失っているだけだ」

そう言うと、辰吉は懐《ふところ》から小袋を取り出した。

「俺が仕事をするときに常に持っている薬だ。打ち傷に効くし、熱も下がる。こいつを飲ませて寝かせておけばいい」

「わかった」

頷いたお咲は、源治郎に顔を向けた。

こちらは鼾《いびき》を掻《か》いている。

「今頃になって薬が効いてきたらしいや」

辰吉は苦笑すると、その懐を探って鍵の束を取り出し、奥の間に移動した。

いくつかの鍵を試すと、そのうちの一つで金庫が開いた。

金庫のなかには証文《しょうもん》の束と一緒に数冊の帳簿が入っていた。米の裏帳簿らしい。

その脇の木箱にはずっしりと重い鍵の束が入っている。米蔵の鍵に違いない。

辰吉は裏帳簿と米蔵の鍵を袋に詰め、金庫を閉めると、金庫の鍵を源治郎の懐に戻した。

「薬は一昼夜《いっちゅうや》効く。この男は明日の昼頃までは起きないが、怪しまれないか？」

「店の連中はこの人の寝坊には慣れている。問題ないよ」

「奥方は？」

「男を作って遊び歩いているんだ。気にもしないさ」

「なるほど。よくできた夫婦だ」

「あたいはどうすればいい？」

「悪いが、ここに残ってくれ。そうすれば、店の者は、源治郎があんたとお志乃の二人を相手に頑張《がんば》っているくらいにしか思わないだろう。俺は朝までには戻ってくる」

「わかった」

「ところで」と、辰吉は言いにくそうに訊いた。「いつもあんな風に責められていたのか？」

「ああ、そうさ……。このくそ野郎の趣味なんだ」

「よく耐えていたな」

「それで田舎《いなか》の家族が腹一杯食べられるのならって思っていたんだけど……」

お咲の目に涙が浮かぶ。

辰吉はその肩を優しく叩いた。

「俺たちに任せておきな。伊勢屋に目にものを見せてやるぜ」

三．弥生二十一日　江戸、両国

月が隠れると、伊勢屋の米蔵に近い作業小屋の中は漆黒《しっこく》の闇となった。まるで肌にまとわりつく墨のように、払いのけようとしても手応《てごた》えはなく、一寸先すら見えない。

そんな暗闇のなかに身を置くと、二年前の出来事が脳裏に浮かんでくる。

その夜も、月は雲に隠れ、周囲は暗闇に包まれていた。

当時、辰吉は窃盗《せっとう》団〈闇旋風《やみつむじ》〉の頭目として、江戸中の豪商を荒らし回っていた。

しかし、飛ぶ鳥を落とす勢いの辰吉は突然の凶事に襲われた。

盗みに入った豪商の屋敷で、目当ての金子《きんす》を奪った後、引き上げようとしたその時のことだ。いきなり後ろから衝撃を受け、そのまま屋根から転げ落ちたのだ。

何が起きたのか見当も付かなかった。

後ろにいたのは、片腕と頼む〈鼠《ねずみ》の彦治《ひこじ》〉だったはずだ。

地面に激突した体からは血がどくどくと流れている。落ちたときの怪我《けが》ではない。匕首《あいくち》で刺された傷からの流血だ。

——彦治に刺された……？

信じられない気持ちで顔を上げると、無数の提灯《ちょうちん》が近づいてくる。

奉行所の捕り方連中だ。

辰吉は必死に体を起こし、這《は》いずるようにして物置小屋に身を隠した。

失血で目が霞《かす》んできたのか、小屋の戸を閉めると一面の闇に包まれた。

――俺はこのまま死ぬのか……。

信じていた部下に裏切られた悔《くや》しさと傷の痛みに呻き声を上げていた時、いきなり小屋の戸が開いた。

身構える辰吉。

雲が切れ、うっすらと差し込む月光を背に、男の影が浮かんだ。

「こんなところにいたんじゃ、すぐに見つかっちまうぜ」

――え……？

男は、壁にもたれかかっている辰吉の背に腕を回し、細い体に見合わぬ力で持ち上げた。

激痛が体を貫き、思わず口から呻き声が漏れる。

「我慢しな。医者に診《み》せてやる」

それから先のことは憶《おぼ》えていない。痛みで気を失ってしまったからだ。目を覚ましたときは見知らぬ家で寝ていた。

体を起こそうとした瞬間、痛みで顔が歪んだ。

仕方なく、首だけ回すと、化粧台のようなものが目に入った。

鬢《びん》付け油の香りがする。

――髪結《かみゆ》い床《どこ》か？

開け放たれた障子《しょうじ》から庭が見えた。

猫の額《ひたい》のような狭さだが、真《ま》っ青《さお》な空の下で咲く紅梅《こうばい》が鮮やかだ。

その庭の隅《すみ》から着流し姿の男が現われた。

「気がついたかい？」

町人風の髷《まげ》をした男は、慎三と名乗った。

「どうして俺を？」

「あんた、〈闇旋風〉の頭目、〈丑三つの辰吉〉さんだろう？」

「なぜ知っている？」

「捕り方の連中がそう言っていたからな。逃げたのは〈丑三つの辰吉〉に違いねえって」

「なるほど。隠しても無駄ってわけか」

「あんたの仲間、ほとんどお縄になっちまったぜ」

「一人逃げたはずだ。俺はそいつに裏切られ、刺された」

「そうかい……」

慎三は縁側から家に上がると、布団の近くに腰を下ろした。

「なぜ助けた？」と辰吉は訊いた。

「歩いていたところ、屋根から人が転がり落ちてきた」

「嘘を言うな。あの時間に、あのような場所をうろついている奴なんかいるか」

「嘘ではない。仕事の帰りだった」

「廻《まわ》り髪結いの？」

「いや、裏の仕事だ」

「裏？」

慎三は笑みを浮かべた。

「奉行所ってやつは、権力を笠に着て、いばりくさってやがる。俺の嫌いなものの一つだ」

「だから俺を助けたのか？」

「まあな。だが、それが有名な〈丑三つの辰吉〉だったとは、驚きだ」

ようやく、自分がここに来るまでの経緯《いきさつ》がわかった。

それにしても、見ず知らずの男を、それも盗人《ぬすっと》の一味と知って匿《かくま》うとは、よほど物好きな奴だ。

――もしかして……。

辰吉は眉をひそめた。

「あんた、ご同業かい？」

慎三は笑って首を振った。

「違うよ」

「じゃあ、俺をどうするつもりだ？　奉行所に突き出して賞金を稼ごうってのか？」

「それも違うな。さっき言っただろう？　俺は、奉行所は嫌いだ」

「では、なぜ？」

一息置いて、慎三は答えた。

「あんたの腕が欲しい。どうだい、俺の仲間にならないかい？」

「俺はお尋《たず》ね者《もん》だぜ」

「だが、まだ面《めん》は割れていない。人相書きも、想像で描いたようだな。ちっとも似ちゃいない。それに、今頃、〈闇旋風〉の根城は奉行所に襲われているだろう。

あんたに帰るところなんかないぜ」

「……」

「まあ、話だけでも聞いてくれないか？」

そこから慎三が語り始めたのは奇想天外な話だった。

慎三は化粧で顔を変える技術を持っており、人に頼まれるがままに様々な問題を解決している。だが、一人でやれる仕事の範囲は限られている。だから、いろいろな技術を持った仲間が欲しい。それが辰吉を助けた理由だった。

結局、辰吉は慎三の家でひと月を過ごした。

その間、慎三は辰吉のために長屋を用意してやった。すでに仲間になっている〈筆屋の文七〉の住む長屋に近いところだ。

傷も癒《い》え、慎三の家を出る日、辰吉は言った。

「命を助けてくれた礼だ。あんたの仲間になってもいい。ただし、条件がある」

「なんだい？」

「裏切り者の〈鼠の彦治〉を探し続けることを許して欲しい」

「見つけてどうする？」

「それなりの落とし前をつけさせてもらう」

「助けが欲しいってことかい?」

辰吉は首を振った。

「それは俺の仕事だ。助けなんていらねえ。ただ、ある日、俺がいなくなっても怪しまずに待っていて欲しい。必ず帰ってくる」

慎三は黙って頷いた。

そして、辰吉は慎三の仲間になった。


その辰吉は、今、伊勢屋の両国の米蔵の近くの作業小屋に忍《しの》んでいる。

この日のために用意した手下は二十人。その多くは、お縄を免《まぬが》れた〈闇旋風〉の仲間やその知り合いといった、所謂《いわゆる》、お天道《てんと》様の下を歩けない連中だった。

昨今の不景気でろくな仕事にありつけない彼らは、消息不明だった辰吉からの連絡に驚き、喜んで集まってきた。なかには〈闇旋風〉の再結成を懇願する者もいたが、辰吉は首を振った。〈鼠の彦治〉を探し出し、落とし前をつけることが先だ。

夜四ツ(午後十時)過ぎ、米蔵の近くで見張っていた手下から、巡回の見張り番がいなくなったとの知らせが入った。

お咲の情報では、この米蔵は一刻毎《いっときごと》に見張りの巡回がやってくる。ということは、次の巡回は暁《あかつき》九ツ（午前零時）だ。それまでに仕事を終わらせる必要がある。

手下とともに小屋を出た辰吉は、米蔵の扉に取り付き、伊勢屋の金庫から持ち出した鍵で開けた。

閂《かんぬき》を外し、重い扉を押す。

軋《きし》みながら開いた扉から蔵の中に入った手下たちは、おおっと歓声を上げた。雲の間から差し込む月明かりの下、山と積まれた米俵が浮かび上がったのだ。

よく見ると、船に積み込まれる予定の米俵は、他の米と分けて積まれていることがわかった。その数、三百。

――こりゃあ大仕事だぜ。

辰吉は思わずため息を漏《も》らした。

二十人で運び出すとしても、一人十五俵だ。それも、次の巡回まであまり時間がない。

「やるぞ」という声のもと、手下たちは米俵の山に取り付き、持ってきた大八車に積み込み始めた。

一杯になった大八車を米蔵から出して河岸まで運んで舟に積み込み、空《から》の大八車を米蔵に入れる。

それを何度も繰り返し、ようやく米俵を運び出すと、今度は別の俵を蔵に運び込み、積み上げ始めた。

男たちは、その俵を軽々と持ち上げる。それもそのはず。中身はなんと籾殻《もみがら》だ。

この作業を慎三に指示された時、さすがの辰吉も強く反対した。

三百もの米俵を運び出し、運河に泊めた舟に載せるだけでも時間がかかるのに、さらに三百の俵を運び込む時間はない。それに、第一、籾殻入りの俵を運び込む理由がわからない。那奈原藩の米を盗み出すだけで十分ではないか。

だが、慎三は首を縦には振らなかった。

「ここは黙って言うとおりにしてくれないかい?」

そうまで言われては従わざるを得ない。渋々頷いた辰吉だったが、この籾殻入りの米俵が、慎三の立てた綿密《めんみつ》な計画において重要な役割を果たすとは、この時はまだ気づいていなかった。

米俵を載せた舟を見送り、籾殻入りの俵を積み上げ終わったのは暁九ツの直前だった。

米蔵の扉を閉め、鍵をかけ終わったとき、けたたましい半鐘《はんしょう》の音が聞こえた。

慌てて米蔵を去り、安全な場所まで逃れて周囲を窺《うかが》うと、浅草の方角に火の手が上がっている。

「火事です！」と、手下の一人が声を上げた。

辰吉は全員を集めた。

「喧嘩《けんか》と火事は江戸の華。そのうち野次馬でごった返すぜ。早いうちにずらかろう」

辰吉と仲間たちは、用意してあった舟に飛び乗ると、そそくさとその場を去った。

新大橋《しんおおはし》の近くで舟を下りた辰吉は、その足で慎三の店に向かった。

店では慎三と文七が待っていた。

「万事《ばんじ》、上手くいったぜ」

辰吉が報告すると、慎三は「ご苦労だったな」とねぎらったまま、上がってこいとも言わない。

「なんだい、茶くらい飲ませろよ」

文七は済まなそうな顔で辰吉を見た。

「そうしたいのはやまやまなのですが、実は、辰吉さんにはもう一働きして貰いたいんですよ」

「なんだと? てめえ、懲《こ》りもせず、また俺を見下すような態度を取るのかよ?」

「まあ、そう言わずに、これを見てください」

文七は伊勢屋の裏帳簿をめくり、床に腰を下ろした辰吉に見せた。

「嫌みかい? 俺は字が読めねんだぜ」

文七の隣に来た慎三が説明した。

「この裏帳簿によると、伊勢屋は他藩からも相当な米の横流しを受けている。それを保管している蔵の場所も書かれてある。こいつもごっそりいただきたい」

辰吉はやれやれといった口調で訊いた。

「何俵あるんだ?」

「ざっと三百」

辰吉は口をあんぐりと開けた。

「正気か？　確かに、伊勢屋の全ての蔵の鍵は俺が持っているが、主人の源治郎はもうすぐ目を覚ましちまう。その前に蔵の鍵と裏帳簿を金庫に戻さなければ、全てが露見《ろけん》しちまうぜ」

「伊勢屋の主人に飲ませた薬は強力だ。ちょっとやそっとじゃ起きはしない」

「米俵と入れ替える籾殻入りの俵はどうするんだい？　今からじゃ間に合わねえよ」

「それは心配いりません」と文七が言った。「長屋の住人を総動員して作っています」

「てめえ、俺に恨《うら》みでもあるのかよ？　こっちがどれだけ大変な思いをするかわかっているのか？」

「まあ、そう怒らないでください。手当をはずむと言ったら、長屋のみんなは喜んで手伝ってくれましたし」

「何だと？」

　長屋の住人には日頃から世話になっている。彼らに金が入るというなら文句も言えない。

「まったく、金の亡者《もうじゃ》どもめ……」

「舟や運び先の手配も終わっている。どうだい、やってくれるかい？」と慎三。

「俺が引き受けることを見越しての手配だろう？　やらざるを得ねえじゃねえか。そのかわり、仲間への手当ははずんでもらうぜ」

「ああ。五倍は約束する」

辰吉はぽんと膝を叩くと、立ち上がった。

「まったく、人使いが荒いぜ。田之上の旦那の依頼の範囲を超えているんじゃねえのか？」

「仕事はきっちりするが、稼いだ金は全て頂戴《ちょうだい》する。それが田之上様との約束だ。まあ、それなりの礼はさせてもらうがな……」

「なんだよ、その礼ってのは？」

慎三は笑った。「今にわかるさ」

「もったいぶるほどのもんかよ」

「浅草の火事はそれほど広がらないらしいが、江戸中の関心はそちらに向いている。今が絶好の機会だ。宜《よろ》しく頼む」

ぶつぶつ言いながらも仕事に戻った辰吉は、伊勢屋の他の米蔵から三百俵の米を運び出し、同じ数の籾殻入りの俵を積んだ。

蔵の扉を閉め、鍵をかけた時、東の空は白々とし始めていた。

慌てて伊勢屋に走り、屋根裏づたいに源治郎の部屋に戻った辰吉の耳に入ったのは、「遅いじゃないか！」というお咲の怒声だった。

辰吉は頬を膨らませた。

「それは慎三と文七に言ってくれよ。全く、人使いが荒いったらねえぜ」

「で、那奈原の米は？」

「安心しな。すべて盗み出して保管してある」

「良かった！」

胸をなで下ろすお咲の横にはお志乃が横たわっていた。

「薬は？」

「飲ませた。熱も引いてきたみたい」

「そいつは上々だ」

部屋の奥に目をやると、源治郎が大鼾をかいていた。

お咲は冷たい視線を向け、吐き捨てた。

「眠り薬で白河夜船《しらかわよふね》さ」

辰吉は、裏帳簿と蔵の鍵を金庫に戻し、寝ている源治郎の懐に金庫の鍵を入れた。

「寝ている間に起きたことを知ったら、腰を抜かすぜ」

「あたいらを虫けらのように扱った罰さ」

辰吉はお志乃の額に手を当てた。

「大丈夫だ。熱は下がっている。悪いが、この娘にはもうしばらく伊勢屋にいてもらう」

「一緒に連れていけないのかい？」

「二人同時に消えると怪しまれる」

「でも……」

「慎三の計画通りに行けば、早晩《そうばん》、伊勢屋は潰れる。この娘の新しい奉公先は俺たちが探す」

「本当かい？」

辰吉はしっかりと頷いた。

「安心しな。慎三には話してある」

お咲は安堵《あんど》の表情を浮かべた。

「もうすぐ住み込みの連中が起きてくる。あんたはこの娘の薬を買いにいくと言って店を出て、清洲屋に向かってくれ」

「清洲屋？」

「あんたと初めて会った飲み屋だ。理由はわからねえが、慎三からの指示だ。俺は屋根裏から退散して、慎三の店で次の指示を待つ」

「わかった」

「よし。じゃあ、気をつけてな」

辰吉は笑って手を振ると、下りてきた綱《つな》を軽々と上り、屋根裏に消えていった。

四．弥生二十二日　中山道

春之助と新之丞は長窪宿を出発した。

今日は下諏訪《しもすわ》宿を目指すが、途中には中山道きっての難所、和田峠《わだとうげ》がある。悪天候だと難儀な峠越えだが、幸《さいわ》い、空は晴れている。

新之丞は、周囲に細心の注意を払いながら、春之助の一歩先を歩いていた。

追分宿から長窪宿までは何事もなく過ぎたが、三人の刺客を斃したことはすでに敵側に知られているはずだ。そろそろ次の刺客が現われる頃だろう。しかも、これが蔵前を斃す最後の機会になることを考えると、かなりの手練《てだ》れを送ってくると思われる。

さすがの新之丞も口数が少ない。

春之助が何を話しかけても、「ああ」とか「そうか」しか答えず、そこで終わる。せめて会話で緊張を和《やわ》らげたいのだが、新之丞がこの調子では、歩を進めるごとに胸の鼓動が速くなるばかりだ。

和田峠を越え、下諏訪宿に向かって道を下り始めた時、彼らは姿を現わした。

総勢十人。

先頭に立つ男の顔には見覚えがある。

――篠崎俊吾……。

蔵前と並ぶ、那奈原藩きっての剣客だ。思えば、いままでこの男が出てこなかったのが不思議なくらいだ。

春之助を庇《かば》うように、新之丞が一歩前に踏み出した。

「あいつは篠崎俊吾。我が藩きっての剣客の一人です。気を付けてください」

春之助がそう囁《ささや》くと、振り返った新之丞は不敵な笑みを浮かべた。

「貴藩きっての遣《つか》い手がどれほどの腕前か、とくと拝見しよう」

一方、篠崎は相手が二人であることに驚いたらしく、「助《すけ》っ人《と》を呼ぶとは弱気ではないか」と声を荒らげた。

春之助に代わって、新之丞が答えた。

「怪我人相手に十人がかりとは、弱気なのは貴殿らの方ではないのかな？」

「なんだと？」

「拙者、久坂新之丞と申す。故《ゆえ》あって蔵前殿の助っ人をいたす。いつでもかかってこられよ」

「何をこしゃくな……」

周囲に人けがないことを確認すると、篠崎は片手を上げた。

それを合図に、刺客たちは一定の間隔で広がり、足音も立てずに近づいてきた。全員が相当の手練れのようだ。

「春之助殿、先を急がれよ」

そう言うや、新之丞は二本の刀を抜き、彼らに向かって進んでいった。

迎え討つべく、先行する二人が駆けだす。

新之丞も足を早める。

三人が交差した時、振り下ろされた相手の切っ先が届くよりも一瞬早く、旋回した新之丞の大刀が一人目の胴に吸い込まれた。同時に、左手の小刀が目にもとまらぬ速さでもう一人の胸を貫く。二人は絶叫とともに倒れた。

——まず二人。

続いて四人が同時にかかってくる。

新之丞は三人目の刀を大刀で弾き返し、小刀で胴を薙《な》ぎ払った。そのまま体を回して四人目を大刀で斬り上げる。ぐあっという声を上げ、その場に崩れ落ちる二人。

——これで四人。

五人目が叩きつけるように刀を振り下ろす。新之丞はそれを小刀で受けた。ガツンという音とともに鋼が唸《うな》り、受けた小刀ごと顔の寸前まで押し付けられる。それを渾身《こんしん》の力で押し戻すと、一歩引いて間合いを取った。見ると、相手の顔はまるで泣いているかのように強張《こわば》っている。新之丞は相手を追い詰めるように摺《す》り足で前に出た。凄《すさ》まじい気迫に耐えられなくなった相手は、死地に活路を求めるかのように地を蹴った。それこそ新之丞の思う壺《つぼ》だ。自《みずか》ら間合いに飛び込んできた相手に向かって、風よりも速い一閃《いっせん》が煌《きら》めく。相手の首に赤い筋が浮かんだと思うや、そこから血飛沫《ちしぶき》が噴き出した。

——五人目。

阿修羅《あしゅら》のような剣捌《けんさば》きに、正眼に構えた六人目が一瞬怯《ひる》んだ。すかさず地を蹴った新之丞が体当たりを喰らわせる。衝撃でよろめいた瞬間、新之丞の突き出した小刀が相手の心臓を抉《えぐ》った。

——六人。あと四人。

篠崎の側近の三人が進み出た。

だが、先程の六人とは違い、この三人はすぐには斬りかかってこなかった。

新之丞を取り囲むと、正眼に構えたまま、じりじりと包囲を縮めてくる。

間合いが詰まった瞬間、一人が旋風のごとく突きを入れてきた。かろうじてかわした新之丞の脇腹を二人目の切っ先が掠《かす》る。

先ほどの六人と比べると桁《けた》違いの強さだ。

突き出される刀をいくら弾いても、すぐに次の刀が襲ってくる。

次々と繰り出される剣を相手に、新之丞はしだいに防戦一方になっていった。

刺客の一人が笑った。

「二刀流なぞ、所詮は傍流《ぼうりゅう》。我々が相手では長くは持つまい」

その言葉どおり、この凄腕の三人は全く斬り込む隙《すき》を与えてくれない。

斬り合いが続くなか、新之丞の剣が徐々に鈍《にぶ》ってきた。

右腕が思うように動かない。

——来たか……。

新之丞はちっと口を鳴らした。

一年前、新之丞は飛驒《ひだ》の山奥で仇討ちの相手を追い詰めた。しかし、相手は卑《ひ》怯《きょう》にも猟師を雇い、木陰《こかげ》から新之丞を狙撃《そげき》させた。猟師の放った弾は右腕に当たった。幸い命に別条はなかったが、それ以来、一定の時間を過ぎると右腕の腱《けん》が引き攣り、やがて腕が動かなくなる。二刀流は、短時間で少しでも多くの敵を斃すため、新之丞なりに工夫した剣法だった。

思うように動かない右腕を庇いながら戦い続け、なんとか八人目を斃した時点で、ついに右腕が上がらなくなった。

篠崎を入れて、あと二人だ。

新之丞は左手の小刀を捨て、だらりと垂れさがった右手の大刀を左手に持ち替えると、刀の峰《みね》を肩に載せ、ぐっと腰を落とした。

「そんな体で、まだ戦うつもりか？」

薄笑いとともに、相手は上段から振り下ろしてきた。それをぎりぎりのところで見切った新之丞は、すっと左肩を引いた。剣が目の前を通り過ぎる。

次の瞬間、新之丞は引いた左肩を一気に押し戻した。

捻《ひね》りを解かれた上半身の回転が遠心力を生み、肩に載せた刀が目にも止まらぬ速さで走る。

円を描いた切っ先が、剣を振り下ろした体勢で伸びきった相手の喉を切り裂いた。

鮮血が噴き出し、声にならない叫び声を上げた相手はゆっくりと崩れ落ちていく。

あとは篠崎だけだ。

だが、その姿はどこにも見当たらない。

——しまった……。

その時、春之助は、屈強《くっきょう》な武士に行く手を塞《ふさ》がれ、立《た》ち竦《すく》んでいた。

篠崎俊吾だ。

新之丞を部下たちに任せた篠崎は、長年の恨みを果たすべく、先回りをして待っていたのだ。

春之助を蔵前だと思い込んでいる篠崎は、迷いもなく刀を抜いた。

——よりにもよって篠崎とは……。

春之助は唇を嚙んだ。とうてい敵《かな》う相手ではない。

後ずさりする春之助との間合いを詰めながら、篠崎の顔から思わず笑みがこぼれた。

「死んだと聞いていたが、まさか生きていたとはな……」

春之助は答えない。

「だが、俺にとっては幸運だった。おまえに止《とど》めを刺すことができる」

剣を諸手《もろて》左上段に構える。その切っ先がゆらりと揺れた。

——来る……。

篠崎の右足が地を蹴り、剣が電光のごとく煌めいた。切っ先は風を切り、春之助の体を真っ二つに切り裂いた……かに見えたが、そこに春之助の姿はなかった。

篠崎の剣が虚しく空を切る。

驚いた篠崎は、地面すれすれで止めた剣を切り返し、そのまま斜めに斬り上げた。

だが、そこにも春之助の体はない。

何が起きたのかわからぬまま視線をずらすと、一目散に逃げる後ろ姿が目に入った。

「卑怯な！」

叫んでも、春之助は振り返りもせず、全力で走っていく。

「敵に背を向けるとは、それでも武士か！」

地団太《じだんだ》を踏む篠崎。

そこに、那奈原から馬で駆けつけた応援の二人がやってきた。

「その馬を貸せ！」

刀を鞘に納めた篠崎は、乗っていた男を引《ひ》き摺《ず》り下ろすと、そのまま馬に飛び乗り、春之助の後を追った。

必死で逃げる春之助。

だが、さすがの健脚も馬には敵わない。

じりじりと距離を詰め、追いついたと同時に馬から飛び降りた篠崎は、走りながら抜刀《ばっとう》し、旋風《つむじかぜ》となって襲いかかってきた。

刀を避けながら右に左に逃げ回る春之助。しかし、それにも限界があった。目の前には崖《がけ》が迫る。振り返れば篠崎。絶体絶命だ。

すがるような目で周囲を見回すが、新之丞の姿はどこにもない。

春之助は天を仰《あお》いだ。

——ここまでか……。

じりじりと間合いを詰める篠崎を見返した春之助は、いよいよ覚悟を決めた。右腕を襷《たすき》から抜き、刀の柄を握ると、鯉口《こいぐち》を切って剣を抜く。

その構えを見た瞬間、篠崎の顔色が変わった。

「貴様、蔵前ではないな？」

御前試合で負けて以来、蔵前を斃すことだけに執念《しゅうねん》を燃やしてきた篠崎は、その剣筋を徹底的に研究してきた。腰を落として正眼に構える蔵前の独特の構えは夢に出てくるほど脳裏に刻まれている。このようなへっぴり腰が蔵前のはずがない。

春之助は答えずに地を蹴り、剣を一気に突き出した。

だが、その力無い突きは瞬時に巻き落とされた。

――死ぬ！

固く目を閉じる春之助。

だが、篠崎は意外にも剣を納めると、春之助の胸ぐらを摑み、その顔を眼前まで引き寄せた。

「……？」

確かに蔵前だ。だが、どこか引っかかる。

顔のさらしをむしり取ると無傷の目が現われた。

さらに春之助の顔を引き寄せた篠崎は、思わず唸り声を上げた。

「これは……」

極めて巧妙にではあるが、明らかに人の手が加えられている。頰骨は盛り上げられ、皮膚の一部は糊で接合されているようだ。いずれもうまく化粧で隠されており、ここまで近づかないとわからない。誰もが蔵前と思い込むのも無理はない。

「替え玉……？」

騙《だま》されたとわかった篠崎は、春之助の顔を摑み、思い切り捻り上げた。

――痛い！

なんとか声を上げずに我慢したが、皮膚を貼り付けている糊が剝《は》がれ、化粧の一部が取れた。

それを見た篠崎は、「化け物め!」と叫ぶや、春之助を投げ飛ばした。

「貴様、何者だ?」

地面に叩きつけられた春之助は答えず、下から篠崎を睨みつけた。

こうなったら意地でも口を閉ざしたまま、あの世に行くだけだ。

一方、篠崎の頭は混乱していた。

——これはどういうことだ……?

蔵前は鴻巣宿で死んだ。だが、〈改革派〉は替え玉を使ってその事実を隠し、〈体制派〉の関心を蔵前に向けさせ続けた。

それはなぜか?

行き着く結論はただ一つ。〈改革派〉はまだ米の横流しの証拠を摑んでいない。だから、こうやって時間を稼いでいる。それならば、何も躊躇《ちゅうちょ》することはない。

証拠を摑まれる前に〈改革派〉を叩き潰すだけだ。

この事実は、すぐにでも渕上に報告しなければならない。

「この男は捕縛し、罪人として国元に連れ戻せ」

追いついてきた部下にそう命じると、篠崎は再び馬に跨《また》がった。

「待て！」

春之助は思わず甲高い地声を上げた。

篠崎が振り返った。

「ほう。その声には聞き覚えがある。確か、勘定方の久米春之助」

「そうだ。私は蔵前殿の替え玉、久米春之助だ。だが、覚悟しておけ。今頃、江戸では田之上様がおまえたちの不正の証拠を暴《あば》いているぞ」

篠崎はにやりと笑った。

「我々はおぬしらに尻尾《しっぽ》を握られるほど甘くはない。そもそも、蔵前が確たる証拠を握っていること自体が疑わしかったのだ。だが、ようやく事実が判明した。〈改革派〉なぞ、片手で捻り潰してやるわ」

歯ぎしりしながら睨みつける春之助。

馬上から冷ややかな視線を投げた篠崎は、「せいぜい国元の牢《ろう》で喚《わめ》くがよい」と言い残すと、馬の腹を蹴った。

馬は風を切って疾走《しっそう》する。

篠崎は有頂天《うちようてん》になって手綱《たづな》を操った。

自分で蔵前を斬れなかったのは残念だが、これで〈改革派〉を壊滅《かいめつ》させれば大手柄。出世は確約されたも同然だ。

だが、笑みを浮かべたまま横を向いたとき、篠崎の目に信じられない光景が映った。

――まさか……！

なんと、そこには、馬と並行して走る若い男の姿があるではないか。

その若者は、篠崎に向かってニヤリと笑いかけると、いきなり手綱に手をかけ、馬に飛び乗ってきた。

「なんだ、貴様！」

叫ぶ篠崎の後ろに体を入れた若者は、がっしりと篠崎に抱きついた。

「馬から落ちるのと、引き返すのと、どちらが良いですか？」

「なんだと？」

抱きつかれたままの身体は動かない。刀を抜こうにも、手が上がらない。

「どちらにします？」と訊いてくる若者に、篠崎は怒鳴り返した。

「誰が引き返すものか！」

若者は、あーあと溜息をつくと、言った。

「では、馬から下りてもらうしかありませんね」

「なんだと？」

篠崎の体はいきなり宙を舞った。景色が逆さまになり、真っ青な空が目に染みる。次の瞬間、景色は空から地面に変わり、凄まじい衝撃とともに体が叩きつけられた。背中をしたたかに打ち、息ができない。そのまま転がり続ける。先には崖が見える。近くの木の枝を摑む。枝ごと折れた。地面がなくなる。

体は再び宙に浮いた。

「……！」

言葉にならない叫び声を上げながら、篠崎は崖から転落していった。

溜息をついた若者は、手綱を絞って馬を止めた。

「だから、言うことを聞いていりゃ良かったのに……」

若者は馬の首を撫《な》ぜながら向きを変え、元来た道を引き返し始めた。

五．弥生二十二日　江戸　深川

起きてきた住み込みの奉公人たちにお志乃の面倒を頼んで伊勢屋を出たお咲は、ようやく明るくなり始めた道を清洲屋に急いだ。

店に入ると、そこはさながら戦場だった。

炊きあがった飯を運ぶ者、それを握る者、桶《おけ》の中に並べていく者……。

近所の長屋の女房連中も総出での炊き出しだ。

お咲を見つけた文七がやってきた。

「良かった。無事に店を出られたのですね」

あっけにとられたお咲は文七に訊いた。

「これは一体……」

「火事で焼け出された人たちへの炊き出しです。那奈原藩の名前で千人分の握り飯を配ります」

「那奈原藩の名前で？」

「伊勢屋から取り戻した那奈原の米を使っているわけではありません。安心してください」

「では、この米はどこから？」

「その辺のからくりについては、追々《おいおい》、慎三さんから説明があるでしょう」

「あの金に煩《うるさ》そうな慎三さんが、どうしてこのようなことを？」

「敢《あ》えて言えば、お礼ですかね」

「お礼？　何に対する？」

「今回の件では稼がせてもらうので、お殿様にそのお礼がしたいと言っていました」

　お咲は形のいい眉をひそめた。

「よく、わかりません……」

「実は、私も、慎三さんの考えていることが全て理解できているわけではないのです。不思議な人ですからね、あの人は」

　その時、店の主人の娘のお春が「お咲ちゃん」と声をかけてきた。

「お春さん……」

「待っていたわ。手が足りないから、すぐに始めて」

「え？」

「今日から働いてくれるのでしょう?」

お咲は驚いた。「そうなの?」

「そう聞いているけど」

お咲は文七に訊いた。

「慎三さんが私にここに来るように指示したのは、このため?」

「伊勢屋を出たら住むところもないのでしょう? それに、この店はいつも人手《ひとで》不足だ」

お春がお咲の肩をぽんと叩く。

「そういうこと。宜しくお願いするわ」

勢いに押されたお咲は、思わず頷いた。

「何をすればいいの?」

「とにかく握って。焼け出された人は疲れているから、塩は強めがいいわ」

「わかった」

借りた紐で着物をたすき掛けにしたお咲は、洗った手に塩をまぶすと、おかみさんたちに混ざって、火傷《やけど》しそうに熱い飯を握り始めた。

お春は待機していた男衆《おとこし》に握り飯の入った盥を渡した。

「さあ、行った、行った。みな腹を空《す》かして待っているんだ。この炊き出しを一番乗りで配っておいで！」

「まかしておきな」

男たちは盥を持って一斉に走り出した。そのなかには文七も混ざっている。

その背中に向かって、お春が声をかけた。

「那奈原藩の幟《のぼり》を立てるのを忘れるんじゃないよ！」


那奈原藩の幟がはためく配給所にはすぐに長蛇《ちょうだ》の列ができた。

握り飯を配りながら、文七は声を張り上げた。

「信州は那奈原藩の殿様からの〈お助け米〉で炊き上げた握り飯だ。こいつを食べて、みな元気を出してくれ！」

まだ陽《ひ》も昇りきらないうちからの配給が始まった。

幕府の奉行所も動き始めていないなか、名も知らない信州の小藩による炊き出しとあって、その噂はあっという間に広まった。

那奈原という名前を知らない者も、みな涙を流さんばかりに感謝しながら握り飯を受け取った。なかには焼け出されていない者も混ざっていたが、文七は構わずに握り飯を渡した。この炊き出しの目的は那奈原藩の名を売ることだ。極端な話、配る相手は誰でもいい。

男衆が清洲屋と配給所の間を何度も往復して握り飯を運んでいるうちに陽は昇りきり、周囲にはいくつかの配給所が建ち始めた。

——そろそろ潮時《しおどき》か……。

那奈原藩の名前は十分に売れたと判断した文七は、男衆に店じまいを命じた。

「みな、よく頑張ってくれた。清洲屋に戻って一杯やってくれ。今日は慎三さんのおごりだ！」

男衆ば歓声を上げ、あっという間に配給所を畳むと、塵《ちり》一つ残さずに掃除《そうじ》して引き上げた。


その頃、伊勢屋の主人の源治郎はようやく目を覚ました。

すでに外は明るく、陽は相当高い。

しばし呆然とする。

昨夜、お咲を痛めつけていたところまでは憶えているが、その後の記憶がない。慌てて懐を探ると、鍵の束はそのままだ。

ほっと胸を撫で下ろし、なぜか痛む体を起こして部屋の中を見回すと、お咲もお志乃もいなくなっていた。

あれほどきつく縛っておいたのに、どうやって解《ほど》いたのだ？

――誰か入ってきたのか？

蒼《あお》くなって金庫に飛びつき、震える手で鍵を差し込んで扉を開けた。

大丈夫。米蔵の鍵も裏帳簿もそのままだ。

ということは、お咲は自分で縄を解き、お志乃の縄も解いて、部屋に連れて帰ったのだろうか？

考え込んでいると、部屋の外から「旦那様」という声がした。

番頭の宗次《そうじ》だ。

「どうした？」

「鍵をお貸しください」

「鍵？」

源治郎は痛む首筋の辺りを片手で押さえながら襖を開け、急に差し込んだ日光に目を瞬《しばた》かせた。

宗次が頭を下げる。

「両国の米蔵で保管している那奈原藩の米を大坂行きの船に積み込みますので」

一昨日《おととい》江戸に着くはずだった船の到着が時化《しけ》のせいで昨日になった。これから米を載せ、大坂に向け出港する。

「ああ、そうだった」

源治郎は金庫を開け、取り出した米蔵の鍵を宗次に渡した。

「では、行ってまいります」

「宜しく頼んだよ」

宗次を送り出した源治郎は、遅い朝餉《あさげ》を摂りに居間に向かった。

途中で奉公人に訊くと、お志乃は体調が悪く、寝ているとのことだった。

お咲はお志乃の薬を買いに出かけたらしい。

——そういうことか。

源治郎は安堵した。あの二人は身売り同然で引き取った娘たちだ。伊勢屋以外に行き場なぞない。器量も良いし、これからもたっぷりと楽しませてもらうつもりだ。

朝餉を終えてゆっくりしていると、廊下をばたばたと走る音が聞こえた。

「なんだ、騒々しい」

声を上げる源治郎のもとに、真っ蒼な顔をした宗次が駈《か》け込んできた。

「どうしたんだい？　やけに早いじゃないか」

「米が……」

「米がどうした？」

「那奈原藩の米を船に積み込もうとしたところ、中身が……籾殻でした」

「なんだと？」源治郎は目を剝《む》いた。「そんな馬鹿なことがあるか」

「本当なのです」

「蔵に運び込んだときはどうだったのだ？」

「香月様の手配した者が運び込んだもので……」

「中身の調べは？」

「これまで、このようなことは一度もありませんでしたので……」

「調べなかったのか？」

「すみません」

「なんてことだ……」

源治郎はしばらく呆然としていた。

「旦那様、どういたしましょう？」

はっと我に返った源治郎は、叫ぶように命じた。

「出かける準備をしておくれ。那奈原藩の江戸屋敷に乗り込んで、米の代金を返してもらおうじゃないか」

六．弥生二十二日　中山道

篠崎俊吾を馬から振り落とした若者は、しばらくして春之助たちのところに戻ってきた。

春之助の縄は解かれており、脇には新之丞が立っている。

周囲には斬られた刺客たちが倒れていた。

「あれ、旦那、腕は動いたんですか？」と、若者は呑気《のんき》そうに訊いた。

新之丞は苦笑した。

「動かなくなるのは右腕だ。左腕は動く」

「左手一本で戦ったってわけですか。さすが旦那だ」

「だが、最も手強《てごわ》そうな敵を取り逃がしてしまった」

「ああ、それなら大丈夫。今頃は谷底に転がってますさあ」

そう言って馬から飛び下りた若者に、新之丞は訊いた。

「おぬし、駈けている馬に跳び乗り、そいつを蹴落としたのか？」

「へえ」

新之丞は呆《あき》れた顔を見せると、「ところで、今日はどこから来た？」と訊いた。

「沓掛宿です。昨日、仕事が終わって江戸に帰ろうとしていたところ、慎三さんからの早飛脚が届きまして、そこからは昼夜《ちゆうや》駆け通しでここまで来たってわけで」

ということは、十もの宿場（距離にして約六十六キロメートル）を駆け抜けてきたことになる。それも、道は平坦《へいたん》ではなく、途中には和田峠を始め、いくつもの峠があるのだ。

「さすがは〈韋駄天《いだてん》の庄治《しようじ》〉だ」

早飛脚は交代で走るので、宿場毎に次の飛脚が控えていないと止まってしまう。その点、庄治は全ての道のりを一人で駆け抜けるのだ。速さでは比較《ひかく》にならない。

「へへ……」

庄治と呼ばれた若者は、嬉しそうに鼻の頭を掻《か》いた。

春之助は、取れかけた化粧の顔のまま、先程、目の前を疾風《はやて》のごとく走り過ぎていった若者に声をかけた。

「〈韋駄天の庄治〉というお名前なのですか？」

慎三の化粧には慣れているのか、庄治は、春之助の奇妙な顔に驚くこともなく、屈託のない笑顔を向けた。

「へえ。そう呼ばれています」

「助けていただき、かたじけない」

「へへ……」

嬉しいときの癖《くせ》なのか、庄治はまた鼻の頭を掻いた。

「この若者は元飛脚でな」と、新之丞が説明した。「足を傷《いた》め、仕事を辞めて荒れていたところを慎三に拾われたらしい」

「慎三さんの計らいで、良いお医者様に看《み》ていただき、足はすっかり元通りになりやした」

「で、慎三が送ってきたものとは？」

「ああ、忘れていた」

庄治は懐から書状を出し、新之丞に渡した。

送り主は田之上。宛先は春之助になっている。

書状は、〈この手紙を読んだということは、那奈原城まであと一歩のところまで来たのだろう〉という書き出しで始まり、鴻巣宿では時間がなく、用意できなかった直訴状《じきそじょう》を送ると書かれてあった。

同封された直訴状の宛先は那奈原資盛。筆跡は田之上のものだ。

直訴状には〈体制派〉の不正の内容が克明に記載され、その証拠は追って提出すると書かれてあった。そして、万一証拠が提出できない場合、責任を取って田之上が切腹すると書き添えられている。

隣から書状を覗いていた新之丞が「田之上殿とは？」と訊いてきた。

「同じ〈改革派〉の、私の上役です」

「なるほど、全責任を負うとは、良い上役を持ったな」

「ああ見えて、部下思いなのです。しかし、困った……」

「何がだ？」

「変装の取れかかったこの顔では、もはや蔵前の替え玉を続けることは無理です」

「敵を引き付けるという役目は十分果たした。ここで化粧を落とし、久米春之助として国元に向かえば良いではないか」

春之助は首を振った。

「直訴状は、殿の信頼の厚い蔵前殿が渡してこそ効力を発します。蔵前殿であれば、たとえ証拠は間に合わなくとも、殿を動かせるかもしれない。しかし、私のような若輩者《じゃくはいもの》では無理だ」

「慎三は、貴殿が登城するまでには不正の証拠を摑んで送ると言ったのであろう?」

「ええ。ですが、もしも間に合わぬ場合、渕上は言《げん》を左右にして直訴状の内容を否定するでしょう。そうなったら、とても私の手には負えません」

「何を弱気な。今頃、江戸で証拠が手に入っているかもしれぬではないか」

「そうだと良いのですが……」

目を伏せた春之助の背中を、新之丞は逞《たくま》しい手で叩いた。

「心配するな。慎三は金には煩いが、請《う》け負《お》った仕事はやり遂《と》げる男だ」

「何を証拠にそう言えるのです?」

「拙者や庄治が証人だ。何が面白くて、信州くんだりまで来ていると思う?」

「それは、そうですが……」

「後は貴殿の覚悟次第だ。田之上殿と慎三を信じて国元に乗り込むか、それともここで旅を止《や》めて江戸に戻るか、自分で決めれば良い」

「おめおめと江戸に戻るなぞ、断じてできません」

「ほう……。では、どうする？」

こちらを見据《みす》える新之丞に、春之助はためらいがちに訊いた。

「昨夜、貴殿は、剣以外でも忠義を尽くす道があると言われましたが、本当にそう思われますか？」

「いかにも」

「拙者の剣の腕はからっきしです。ずっとそれが負い目になってきました。このような拙者にも忠義を尽くす道があると？」

「騙されている主君の目を醒まし、逆臣を成敗《せいばい》することに、剣は必要ない」

春之助は目を閉じ、己の心に覚悟を問うた。

資盛に直訴状を渡すまでに不正の証拠が届く可能性は五分五分《ごぶごぶ》だろう。しかし、この機会を逃せば、渕上は全力で〈改革派〉を潰しにかかるに違《ちが》いない。私腹を肥《こ》やすことしか考えていない渕上が政権を握れば、那奈原藩は終わりだ。

――剣以外で忠義を尽くす、か……。

春之助は静かに目を開けた。

「心は決まったか？」

「はい。結果は天に任せ、自分なりの方法で忠義を尽くそうと思います」

「よし。それでこそ武士だ」

新之丞は春之助を近くの小川に連れていき、庄治と二人がかりで、顔に施《ほどこ》された化粧を水で落とした。そして、庄治が運んできた薬剤を布にしみこませ、皮膚が傷つかぬようにゆっくりと拭い始めた。その作業を繰り返すうち、糊が剝がれ、徐々に春之助の顔に戻っていく。

最後に顔を洗い終えたとき、新之丞は「ほう……」と感嘆《かんたん》の声を上げた。

庄治も目を丸くしている。

無理もない。二人は春之助の顔も、十九歳という年齢も知らなかった。

いきなり八歳も若返った男を目の前にして、二人は改めて慎三の化粧の腕に感心した。

庄治は風呂敷包みを差し出した。

「これは？」

「書状と一緒に、慎三さんから送られてきたものです」

「ここまで運んでくれたのか?」

礼を言いながら解くと、新しい小袖と羽織、袴、帯が出てきた。

新之丞が笑みを浮かべる。

「登城用の新しい着物か。慎三らしい配慮だ」

春之助はその場で着物を脱ぎ、小川の水で身体を洗うと、新しい着物を身に着けた。

庄治が髪をすき、きっちりと結い上げる。

新之丞は感心したように頷いた。

「どこから見ても立派な那奈原藩士だ。自信を持って国元へ帰られよ」

庄治が馬の手綱を差し出す。

春之助はそれを握り、颯爽《さっそう》と乗馬した。

「お二人とも、ありがとうございました。ここから先は自分の力でやってみます」

足で腹部を軽く蹴ると、栗色の駿馬《しゅんめ》は軽く嘶《いなな》き、風のように走り出した。

第四章　米戦《こめいく》さ

一．弥生二十二日　江戸　芝

朝四ツ半（午前十一時）。

幕府や諸藩に先駆けての〈お救い米〉の炊き出しで一躍《いちやく》有名になった那奈原藩の江戸屋敷は大勢の物見遊山《ゆさん》の人々に囲まれていた。

番頭の宗次を連れてそこに乗り込んだ伊勢屋源治郎は、江戸における〈体制派〉の首領格、香月多聞に面会を求めた。

帰国を明日に控えた香月は、源治郎の来訪を告げられ、首を傾《かし》げた。

裏取引の相手である伊勢屋には江戸屋敷に来ることを固く禁じてある。それでもやってきたのはなぜか？

——ははあ、そういうことか……。

帰国後、香月は渕上によって郡奉行《こおりぶぎょう》に取り立てられることになっている。恐らく、その祝いの品を届けにきたのだろう。

勝手にそう思い込んだ香月は、祝いを受け取るだけならという軽い気持ちで面会に応じた。

ところが、現実は想像と全くの逆だった。

部屋に入った途端、源治郎は真っ赤な顔で香月を責《せ》め立て始めたのだ。

「籾殻《もみがら》入りの俵でこの伊勢屋を騙《だま》すとは、とうてい許せませぬ。今、ここで米の代金全額をお返しくださいませ」

その剣幕に圧倒された香月は、細い目を見開きながら、「一体何のことだ？」と訊《き》いた。

「おとぼけになるおつもりですか？」

「落ち着け。おぬしが何を言っているのか、皆目《かいもく》、見当がつかぬ」

「なんと……」

源治郎は、那奈原藩の米を船に載せようとしたところ、全てが籾殻入りの俵《たわら》だったと抗議した。

そこまでは我慢強く聞いていた香月だったが、源治郎のあまりに一方的な言いように、しだいに腹が立ってきた。

「この香月がおぬしを謀《たばか》ったと申すのか？」

「香月様でないなら、一体誰がこのようなことをなさるというのですか？」

「では訊くが、その蔵には鍵はかかっていたのか？」

「もちろんです。鍵は私が肌身離さず持っております。今朝《けさ》は、この番頭の宗次が鍵を開けました」

「運び出すときにすり替えたのではないのか？」

今度は宗次がいきり立った。

「私をお疑いになるとおっしゃるのですか？」

「では、他の店の者はどうだ？」

「伊勢屋に、そのようなことをする者はおりません」

「蔵にないなら、米は一体、どこにあるというのだ？」

「それはこちらがお訊きしたいこと。私どもに籾殻を摑《つか》ませ、米は他の米問屋《こめどんや》にお売りになったのでは？」

ここで、香月の堪忍袋《かんにんぶくろ》の尾が切れた。

「黙って聞いていれば……」

脇に置いた刀に手が伸びる。

怯《おび》えた宗次は座ったまま後ずさりした。

しかし、源治郎は香月の目を真《ま》っ直《す》ぐ見返すと、「ようございます」と啖呵《たんか》を切った。「こうなったら、那奈原藩のお殿様に訴え出るだけです」

「なんだと？」

香月はゆっくりと鯉口《こいぐち》を切る。

その時、からりと襖《ふすま》が開き、ごつい体格の男が入ってきた。

田之上だ。

香月は急いで刀から手を離した。

「おっと、部屋を間違えたか……」

田之上は、ばつの悪そうな顔で謝り、そのまま部屋を出ていこうとした。

いつの間に立ち上がったのか、その後ろには源治郎と宗次がくっついている。

二人に気づいた田之上は、「何だ、おぬしらは？」と訊いた。「邪魔をして悪かったが、おぬしらまで出ていくことはあるまい。商談はそのまま進めてくれ」

「いえ、ちょうど終わったところでしたので」

「そうなのか？」

はい、と答えながら、源治郎は香月に向かって深々と頭を下げた。

「では香月様、これにて失礼いたします」

香月は苦々しげな顔で三人を見送った。

源治郎と宗次は、廊下に出ても田之上から離れようとしなかった。米の代金を取り戻せなかったのは口惜《くちお》しいが、ここで香月の部下たちに襲われるのは御免《ごめん》蒙《こうむ》りたい。

びくびくしながらついてくる二人に、田之上はそっと囁《ささや》いた。

「拙者《せっしゃ》は勘定方の田之上内蔵助。話は聞かせてもらった」

「え？」

「恐れなくても良い。拙者も〈体制派〉の者だ。だが、香月とは反《そ》りが合わぬ。まさか、米を籾殻にすり替えることまでして儲《もう》けようとしているとは、夢にも思わなかった」

「なんと……」

地獄に仏とはこのことだ。源治郎は縋《すが》るような目で田之上を見た。

「では、助けていただけるのですか？」

「これは藩の信用問題だ。おぬしらが我が藩主、那奈原資盛宛に訴状を認《したた》め、拙者に預けてくれるのであれば、それを使って香月を脅《おど》してやっても良い。香月にしても、殿に知られるくらいなら米の代金を返したほうが良いと考えるだろう」

源治郎の顔が輝いた。

「本当でございますか？」

田之上はもったいぶった態度で頷《うなず》いた。

「そもそも、香月の人を見下した態度は気にくわぬ。しかも、あいつは帰国後、郡奉行に取り立てられるとの噂《うわさ》だ。なぜ、あいつだけ厚遇《こうぐう》される？　全くもって許せぬ。あいつに一泡吹かせられるのなら、喜んで協力しよう」

源治郎にとっては渡りに舟だ。

「是非《ぜひ》、お願いいたします。これから店に帰り、早速《さっそく》、訴状を認めます」

「その時間はない。香月は明日には帰国してしまうのだぞ」

「そうでした」

「ここで書けば良い。拙者の部屋を貸そう。そうすれば、今日中に始末がつけられる」

「確かに、おっしゃるとおり」

だが、源治郎はなかなか動こうとしない。

「どうした？」

「ああは言ったものの、藩主様宛の訴状など書いたことがございません。一体どのようなものを書けば……」

田之上は溜息《ためいき》をついた。

「手のかかる奴だな」

「面目《めんぼく》ございません」

「仕方がない。拙者の言うとおりに書けば良い」

「宜《よろ》しいのですか？」

「時間がないのだ。急ぐぞ」

深々と頭を下げた源治郎と宗次は、導かれるまま、田之上の部屋に入っていった。

そこで、源治郎が田之上の言うとおりに書き上げた訴状は、昨日、〈筆屋の文七〉が田之上に指示したものと一字一句違《たが》わないものだった。

すべては慎三の計画通りに進んでいく。

その日の午後、〈筆屋の文七〉は日本橋《にほんばし》に近い小舟町《こぶなちょう》にいた。

この界隈《かいわい》は米の問屋《とんや》や仲買人《なかがいにん》が多い。

昨日のこと、慎三は、伊勢屋から奪った横流し米の売却の差配を文七に託したいと頼んできた。

文七は戸惑《とまど》った。偽の文書を作るのは得意だが、米の売却なぞ、やったこともなければ、方法も知らない。

「なぜ私に？」と文七は訊いた。「慎三さんが差配すれば良いのでは？」

「そうしたいのはやまやまなんだが、そうもできない理由があってな」

「しかし、私に商売の知識はありませんよ」

「商売の知識なぞ、知っている者に任せりゃいい。文さんには、いい頃合いで売りの指示をしてもらえば、それでいい」

「その『いい頃合い』というのが難しいのではないですか？」

「頭（＝最高値）で売る必要はない。なかごろの値で売れりゃ十分だ」

「そうは言っても……」

「なあに、〈機を見るに敏《びん》〉の文さんにできねえわけはねえさ」

知らないうちに言いくるめられてしまった文七は、慎三の指示で、まず桔梗屋に出向いた。

文七を迎えた惣兵衛は、「今、江戸中が、那奈原藩の〈お助け米〉の炊き出しの話で持ち切りですよ」と、目を輝かせて言った。

「そうですか」

「文七さんも活躍されたそうで」

「私は慎三さんの指示にしたがっただけです」

惣兵衛は、慎三が炊き出しを仕組んだ理由を知りたくてうずうずしていたが、そこは詮索《せんさく》しない約束だ。

表に出せない米の売却を考えている、と文七が伝えるや、察しの良い惣兵衛は瞬時に状況を理解し、「日本橋小舟町に玉屋《たまや》という米の仲買商があります」と言った。「主人の名は伊兵衛《いへえ》。信用できる人物です。紹介状を書きますので、行ってごらんなさい」

丁寧《ていねい》に礼を言って桔梗屋を辞した文七は、その足で小舟町に赴《おもむ》くと、玉屋を訪れ、出てきた番頭に惣兵衛の紹介状を差し出した。

桔梗屋の紹介状の効力は抜群で、伊兵衛はすぐに会ってくれた。

小柄な男だ。細面《ほそおもて》だが、切れ長の目は、まるで先の先までを見通すかのように鋭《するど》い光を放っている。

出所を問わず米を買い取ってくれる米問屋を紹介して欲しい、との文七の頼みに、伊兵衛はまずは話を聞こうと言ってくれた。

「どうぞこちらへ」

伊兵衛は文七を店の奥の部屋に通し、南蛮《なんばん》風の椅子《いす》を勧《すす》めた。

すかさず丁稚《でっち》が茶を持ってきて、机に置く。

伊兵衛は茶を勧めながら、「米の量はいかほどですか？」と訊いてきた。

「二百石（＝五百俵）ほど」

「そんなに？」

「はい」

「あなたがたの裏の商売については、桔梗屋さんからそれとなく聞いていますが、米と結びつくとは思えない。どうしてそのような大量の米をお持ちなのです？」

伊兵衛はじっとこちらを凝視《ぎょうし》している。普通の人間なら、まず視線を逸《そ》らしてしまいそうな目力だ。だが、その澄《す》んだ瞳に曇《くも》りはない。

惣兵衛の言うとおり、信用に足る人物だと踏んだ文七は、事情を明かすことにした。

「他言無用でお願いできますか？」

「この商売は信用が第一。お客様の秘密を漏《も》らすようなことは絶対にいたしません」

「わかりました」

文七は居ずまいを正すと、備蓄米の横流しの話を、当たり障《さわ》りのない範囲で伝えた。

「なるほど。横流しされた米を伊勢屋から手に入れたと？」

「ええ。伊勢屋が奉行所に訴え出ることのできない米です」

伊兵衛は、なるほどと頷いた。

「よく私を信頼してそこまでお話しくださいました。わかりました。米の売却先はこの玉屋が責任を持ってお探ししましょう」

「それはありがたい。恩に着ます」

「ですが、売るのはしばらく待った方が良いでしょう」

「それはまた、どうして？」

伊兵衛は声を一段低くした。

「浅草御蔵《おくら》の一部が焼けたことは？」

御蔵とは、江戸幕府の年貢米《ねんぐまい》や買い上げ米の貯蔵庫のことで、江戸の浅草、大坂、京都の二条の三か所に置かれ、なかでも浅草の蔵は最大の収容量を誇《ほこ》っていた。その倉庫群は増築が続き、今や六十七棟になっている。

「いえ、存じません」

「そうですか。六十七棟のうち十棟に類火したようです」

浅草御蔵は勘定奉行の配下である蔵奉行が管理している。その内部にいくつかの情報源を持っているらしい。

伊兵衛は続けた。

「御蔵の周囲は厳重に人払いされており、敷地の中の状況はわかりません。しかし、近所の住人や火消し達の口に戸は立てられない。この噂はすぐに江戸中に広まるでしょう」

「そうなると米の価格が上がりますね。そこで売り払えば良いのでは？」

「いえ、残念ながら米の価格は上がりません。上がったとしても一瞬で、その後はむしろ下がる可能性が高い」

「なぜです？」

「米は焼けていないからです」

文七は眉をひそめた。言っていることの辻褄《つじつま》が合わない。

「どういうことでしょうか？」

「焼けた十棟は最近増築されたばかりで、まだ米は搬入されていませんでした。これは蔵奉行の島田佐之助《しまださのすけ》様から直接聞いた話ですので、間違いありません」

「なんと……」

「浅草御蔵の収納米の多くは旗本や御家人《ごけにん》など幕臣の給米に充《あ》てられています。ですから、浅草御蔵の一部が焼けたことを幕府が公表する時は、幕臣たちが動揺しないよう、収納米に被害がないことも同時に発表するはずです。御蔵が燃えたという噂だけで米の買い占めに走った米問屋は、かなりの量の在庫を抱えることになる」

「なるほど」

「そして、収納米が焼けていないことがわかったとき、彼らは慌《あわ》てて在庫を放出する。そうするとどうなりますか？」

「値崩れを起こしますね」

「そのとおりです。これからひと月は米の相場が荒れるでしょう。ですから、ここは様子を見た方がいい」

「そういうことですか……」

文七は唸《うな》った。そして、しばらくの間、空を見つめたまま何かを考えていた。

伊兵衛は訝《いぶか》しげに訊いた。

「どうかしましたか？」

おもむろに顔を上げた文七は、伊兵衛に向き直った。

「ご忠告ありがたくお受けします。そのうえで、ご相談があるのですが……」

「はい？」

目を瞬かせる伊兵衛に、文七は、たった今考えついた策略を説明した。

「ほう……」

伊兵衛は頰《ほお》を緩《ゆる》めた。

この文七という男、ただの代筆屋だと言ったが、どうしてどうして。状況を的確に判断し、瞬時に策を立てる頭の回転の速さは尋常《じんじょう》ではない。

「いかがでしょう？」

「面白いと思います。同じ米を扱う者として、伊勢屋のやっていることは許せない。その話に乗りましょう」

「ありがとうございます」文七は頭を下げた。「問題は伊勢屋が乗ってくるかどうかです」

「その点は心配ないでしょう。欲の皮の突っ張った男です。間違いなく乗ってくると思います」


文七と綿密な打ち合わせを行った伊兵衛は、早速、伊勢屋に向かった。

店の雰囲気がいつもと違う。

店員たちは落ち着かない様子で、お互いひそひそ声で話をしている。

伊兵衛に気づいた顔見知りの奉公人が頭を下げながら近づいてきた。

「何かあったのですか？」

奉公人は「いえ、特に……」と言葉を濁《にご》した。

客間に通され、出された茶を飲みながら待っていると、障子《しょうじ》ががらりと開いた。

入ってきた源治郎は、妙にいらいらした様子で、落ち着きがない。

「何かあったのですか？」

怪訝《けげん》そうに訊く伊兵衛の前に座った源治郎は、茶で喉《のど》を潤《うるお》すと、しかめ面《つら》で答えた。

「ちょっと商売で揉《も》めていましてね」

「ほう、どのように？」

「いや、たいしたことじゃありません」

源治郎は手を振った。米の裏取引で籾殻を掴まされたなぞ、とても同業者に話せることではない。

「ところで、本日の御用向きは？」

「実は折り入ってのご相談があってまいりました」

「相談？」

伊兵衛は膝《ひざ》を乗り出した。

「米の入《い》れ札《ふだ》に参加しませんか？」

思いがけない誘いに、源治郎は思わず「入れ札ですと？」と聞き返した。

「至急《しきゅう》米を売りたいという取引先があるのです。少なくとも四者による入れ札を希望しています」

「米の量はいかほどです？」

「二百石」

「入れ札の日時は？」

「急な話で申し訳ないが、本日の夕刻です」

確かに急な話だ。

源治郎は迷った。他藩からの横流しも含め、米の在庫は豊富にある。今すぐ米が欲しいというわけでもない。それに、今は田之上に託した訴状の方が気になる。米の代金を返金、もしくは三百俵の米を返してもらわなければ収まらない。

しばらく考えた後、源治郎は伊兵衛に頭を下げた。

「申し訳ないが、今回は見送らせていただきます」

「そうですか……」

「次回、またお声掛けください」

伊兵衛は頷くと、立ち上がった。

「まあ、浅草御蔵が焼けたとの話ですし、しばらくの間は相場も安定しないでしょう。見送られて正解かもしれません」

「え？」源治郎は思わず膝立ちになった。「浅草御蔵が焼けたのですか？」

「ご存じありませんでしたか？」

そう言えば、籾殻騒動のせいで、今日はろくな情報収集もしていない。

浅草御蔵が焼けたとなれば話は別だ。米相場の高騰《こうとう》は間違いない。買った米を一日寝かせて売るだけでも膨大《ぼうだい》な利益を得ることができる。

「では……」と言って部屋を出ようとする伊兵衛を、源治郎は思わず呼び止めた。

「ちょっとお待ちを」

「え？」

「気が変わりました。参加します」

「ご無理なさらなくても結構ですよ」

「いえ、こちらからお願いいたします。入れ札に参加させてください」

「落札価格はかなり高くなると思われますが……」

「構いません」

そう言い切る源治郎の顔は興奮のあまり紅潮《こうちょう》している。

伊兵衛はしばらく考えると、鷹揚《おうよう》に頷いた。

「わかりました。入れ札の締め切りは七ツ半（午後五時）です。それまでに値札を持って玉屋までお越しください」

入れ札は予定どおり、当日の夕刻、玉屋で行われた。

源治郎が玉屋を訪れ、金額を書いた札を入札箱に入れたとき、店のなかに他の米商人の姿はなかった。

「他の皆さんはすでに札を入れ、慌《あわ》ただしそうにお帰りになりました。他の仲買人からも米を仕入れるのではないでしょうか？」

伊兵衛がそう告げると、源治郎は思わず唇《くちびる》を噛《か》んだ。ぼやぼやしていると他の米問屋に出し抜かれる。

「入れ札の結果はいつ教えていただけるのですか？」

「半刻もすれば結果は出ますので、使いの者を送ります。ただし、落札された場合は今日中に手付けとして落札価格の一割を、明日の昼までに残額をお支払いいただくことになりますが、宜しいですか？」

「承知しました。金を用意して吉報《きっぽう》をお待ちしていますよ」

そう言い残すや、源治郎はそそくさと店を出ていった。

それを丁重《ていちょう》に見送る伊兵衛。

しばらくして、その後ろから音もなく人影が出てきた。

文七だ。

「伊兵衛殿の予想どおり、話に乗ってきましたね」

「ええ」

伊兵衛は店に戻ると、台に載せた入札箱の鍵を開けた。

箱を持ち上げ、逆さにして振る。

からりと音を立てて落ちてきた札は一枚だけ。言うまでもなく、伊勢屋の入れたものだ。

その札を手にした文七はにやりと笑った。

「思い切った価格を入れてきましたね」

伊兵衛も頷いた。

「いもしない競争相手に勝とうと必死だったのでしょう」

「可哀相《かわいそう》だが、自業自得《じごうじとく》だ」

「すぐに入れ札の結果を知らせても怪しまれます。まあ、一息入れましょう」

伊兵衛は文七を店の奥に招《まね》き入れ、茶を勧めた。

上等な玉露《ぎょくろ》を喫《きっ》しながら、伊兵衛は「一つ質問があるのですが……」と切り出した。

「はい？」

「あなた方の目的は、横流しされた米を那奈原藩に返すことではないのですか？それを売ってしまっては、返す米がなくなってしまうのでは？」

文七は笑みを浮かべた。

「それはごもっともですが、奪った米をそのまま返したのでは我々の儲《もう》けがありません。ご懸念《けねん》の点については別の手を打っています」

「ほう……」伊兵衛は感心したように唸った。「抜け目がありませんな。さすがは桔梗屋さんが見込んだだけのことはある」

「我々も商人ですので」と、文七は笑った。「しかし、お天道様《てんとさま》に恥じるような行いは決してしてしておりません」

「桔梗屋さんの紹介だ。そんなことは思ってもいませんよ。ただ……」

「ただ、なんですか？」

「先ほど、ご自身のことを商人とおっしゃいましたが、文七殿は、元々はお武家様では？」

文七は軽く眉をひそめた。

「惣兵衛殿からお聞きになったのですか？」

「ええ。紹介状に書いてありました」

「全く、口が堅《かた》いのやら軽いのやら……」

「文七殿が信用に足る人物だということを強調したかったのでしょう。悪気はありませんよ」

文七は頭を掻《か》きながら、「確かに、私は元武士です」と答えた。「本名は富永七之助《とみながしちのすけ》といいます」

「それが、なぜこのようなお仕事を？」

文七は黙って笑っている。

「あ、これは失礼いたしました。文七殿の爽《さわ》やかなお人柄に触れ、つい余計なことをお訊きしてしまいました」

謝る伊兵衛に、文七は首を振った。

「どうぞ頭をお上げください。私の過去なぞ、語る価値もございませんよ」

だが、文七に興味を持った伊兵衛は、どうしても知りたいらしい。

「あなたの策に乗ったからには、私も仲間です。信用してください」

そうまで言われては無下《むげ》に断われない。

文七は、「話すほどのことではありませんが……」と前置きし、口を開いた。

旗本の次男として生まれ、幼少時から学問のできた七之助は、別の旗本の家の婿《むこ》にと望まれていた。ところが、妻になるはずの養子先の娘には既《すで》に恋仲の男がいた。嫉妬《しっと》に駆られた男は、理由を付けて文七を川端《かわばた》に誘い出し、いきなり斬りかかってきた。なんとか最初の一撃を躱《かわ》した七之助は、男にしがみつき、二人はそのまま坂を転がり落ちた。

「後はどうなったのか憶《おぼ》えていません。気がついてみると、男は血まみれで、腹には自分の刀が刺さっていました。しかし、私が刺したのか、男が自分で刺してしまったのかはわかりませんでした」

「なるほど……、それはとんだ災難でしたね」

「事件は、娘の不始末に責任を感じた養子先が揉み消してくれました。男が自《みずか》ら死を選んだことにしたのです。縁談は破談となり、行き先を失った私は家を出ました。しかし、特に剣の腕が立つわけでもない私に用心棒などの仕事はなく、生活はたちまち困窮《こんきゅう》しました。そして食い詰める寸前のところを、偶然知り合った慎三さんに拾われたというわけです」

「それで代筆屋を？」

「ええ。慎三さんの出入りしている吉原遊郭《ゆうかく》の中には、馴染《なじ》みの男に文を出したくても字が書けない遊女がいます。字が書けても、文才に難がある遊女も。これまでは、慎三さんが髪結いの空いた時間で代筆してやっていたらしいのですが、とても手が足りないというのです」

「それで、快《こころよ》くお引き受けになったと？」

文七は手を振った。

「遊女相手の商売と聞き、さすがに最初は辞退しました。ですが、他に生きていく術《すべ》なぞないことを悟《さと》るまで、そう時間はかかりませんでした。そこで、名を文七と改め、代筆屋を引き受けた次第です」

「ところが、文七さんの才能は他にもあったというわけですな。正直、今回の策には感心しました。米を高値で売れるだけでなく、伊勢屋への仕置きもできる」

「器用貧乏《びんぼう》って奴ですかね」

伊兵衛は首を振った。

「私は慎三殿にはお会いしたことはないが、今回の米の売却の差配をあなたにお任せになった理由がよくわかります。慎三殿は人の才能を見抜く力のあるおかただ」

「慎三さんはともかく、私についてては買《か》い被《かぶ》り過ぎですよ」

文七はそう言って笑い、話を打ち切った。

自分の本当の裏稼業が、他人の筆跡をそっくり再現する〈偽文作り《にせぶみ》〉だということは明かさない。契約相手でない限り、そこまで知らせるわけにはいかない。


半刻後、伊兵衛は伊勢屋に使いを送った。

その使いは、待ちきれずに店の中をうろうろしていた源治郎に向かって声を上げた。

「おめでとうございます。伊勢屋さんが一番札でした」

源治郎は思わず膝を打ち、番頭の宗次に指示した。

「今すぐ、手付金の二十八両を玉屋に届けてきなさい！」

落札価格は二百八十両。当時の米の相場は一石＝一・一両だったが、伊勢屋はその一・三倍近い一石＝一・四両という値段を入れたのだ。

だが、これが伊勢屋の終焉《しゅうえん》の幕開きだということを、源治郎は想像だにしなかった。

二　弥生二十三日　那奈原

小高い丘に築かれた那奈原城は、三月というのに、まだうっすらと雪が残っている。

その前に立った春之助はゆっくりと深呼吸した。そして頬を両手でぱんと叩くと、しっかりした足取りで門をくぐった。

門番に誰何《すいか》されたが、蔵前の付き人として帰国する旨《むね》の許可を田之上が用意してくれていたため、難なく通過することができた。

城に入ると、まず勘定方の御用部屋に顔を出した。江戸詰めになる前まで出仕していたところだ。ここで勘定奉行の菅原大膳に面会しようとしたのだが、評議にでも出ているのか、不在だった。

御用部屋の中は静まり返っていた。咳払《せきばら》いの音ひとつなく、聞こえるのは算盤《そろばん》をはじく音と筆が紙をこする音、そして硯《すずり》で墨をする音くらいだ。

同僚たちは、皆、顔を伏せて仕事に熱中しているが、この空々《そらぞら》しい雰囲気は、春之助との接触を意識的に避けようとしているとしか思えない。

仕方なく、顔馴染みの同僚に半《なか》ば強引に声をかけ、菅原がいつ戻ってくるのかを訊いた。しかし、返ってきたのは意外な答えだった。菅原は病《やまい》に臥《ふ》せり、登城していないというのだ。

——あの頑強《がんきょう》な菅原様が病だと？

春之助は首を傾げた。朝は真冬でも井戸端で冷水をかぶり、素振りを千回してから登城するという偉丈夫《いじょうふ》だ。これまで体調を崩したという話は聞いたことがない。

菅原は国元における〈改革派〉の頭目格だ。というより、少数派の〈改革派〉にとって、頼りになるのは菅原しかいない。その菅原が不在となると、訴状は、誰を介して藩主の資盛に渡せばよいのだ？

早くも途方《とほう》にくれ、廊下を歩いていると、誰かにそっと袖《そで》を引っ張られた。振り向くと、そこには幼馴染みの戸倉彦太郎《とくらひこたろう》が立っていた。

「おお、彦太郎」と言う間もなく、春之助は奥の部屋に引っ張り込まれた。素早く襖を閉めると、彦太郎は色白の下ぶくれ顔を険《けわ》しくしながら訊いた。

「なぜ、おまえがここにいる？」

「蔵前殿の付き人として帰国した。手続上の問題はない」

「そんなことを聞いているのではない。蔵前殿が討《う》たれたというではないか」

「ああ……」

「おまえが同行しているとは知らなかった。よく無事だったな」

彦太郎は、かなり頼りないところはあるが、一応、〈改革派〉の同志だ。

「途中から別行動を取った」

「蔵前殿は旅人を庇《かば》って賊《ぞく》に討たれたということになっているが、誰もそのようなことは信じていない。資盛様でさえ疑っておられるらしい。本当のところはどうなのだ？」

「知らぬ。言ったとおり、俺は蔵前殿の指示で別行動を取り、今、那奈原に着いたばかりだ。面食らっているのはこちらの方だ」

「本当か？」

春之助は大きく頷いた。幼馴染みに嘘をつくのは心苦しいが、今の段階では、あまり多くのことは話したくない。

春之助は、「ところで、渕上はかなりの数の刺客を放ったと聞いたが？」と水を向けた。

「篠崎以下、十名ほどの手練《てだ》れの者たちの行方《ゆくえ》がわからないとのことだ」と彦太郎は答えた。「それを知った渕上は、篠崎が私怨《しえん》を晴らすために手下を使って蔵前殿を襲い、相討ちになったという筋書きを作っているらしい」

春之助は眉をひそめた。

「私怨だと？　命じたのは渕上ではないか」

「蜥蜴《とかげ》の尻尾切りさ。私怨で処理されれば篠崎家の取り潰しは免《まぬが》れない」

「それは酷い」

「敵のことを気にしてどうする？　こちらは勘定奉行の菅原様が殺《や》られたのだぞ」

「殺られた？　病に臥せっておられると聞いたが……」

「毒を盛られたらしい。昨夜、身罷《みまか》られた」

春之助は絶句した。

彦太郎は、「菅原殿も蔵前殿もやられたとなっては、〈改革派〉は終わりだ」と言い放ち、大きな溜息をついた。

しばらく呆然としていた春之助だったが、やがて気を取り直すと、懐から書状を取り出した。

「読んでくれ」

書状を読んだ彦太郎の目は飛び出しそうになった。

「直訴状だと？　本気か？」

「俺が国元に戻ってきたのは、この直訴状を殿にお渡しするためだ」

「米の横流しの証拠は？　別に提出すると書かれてあるぞ」

「今はない」

「証拠もなしに直訴して、ただで済むと思っているのか？　いや、それ以前に、それで渕上に勝てると思っているのか？」

「証拠は『今はない』と言っただけだ。田之上様は、必ず証拠を掴み、早飛脚で送ると約束された」

「そんな奇跡のようなことに賭《か》けるというのか？」

春之助は頷いた。

「俺は田之上様を信じる」

「最悪の場合、田之上殿だけでなく、おまえも切腹だぞ」

「覚悟のうえだ」

彦太郎は天を仰《あお》いだ。

「おまえは子供のころから利《き》かん気の強いやつだったが、そこまで向こう見ずだとは思わなかった」

「このまま事態を看過《かんか》すれば渕上の思いのままだぞ」

「それは、そうだが……」

　春之助は彦太郎に迫った。

「何とか、殿に直訴状をお渡しする方法を考えてくれ」

「そう言われても」

「郡奉行の原田幸信《はらだゆきのぶ》様はどうだ？」

「あの小心者……」彦太郎は渋い顔で吐き捨てた。「渕上の前では蛇《へび》に睨まれた蛙《かえる》も同然だ。あてにならん」

「そうか。では、直接、殿に渡すしかないな」

　彦太郎は激しく首を振った。

「そんなことをしてみろ。殿に近づく前に側近たちに斬られてしまうぞ」

「死は恐れない」

「馬鹿だな。直訴状を渡す前に斬られてしまっては意味がないだろう」

「それも……そうだな」

　彦太郎はうーんと唸ったまま腕を組んでいたが、やがて、ぽつりと言った。

「これは一つの賭けだが……」

「なんだ?」

「三席家老の高杉末光様に頼むというのはどうだ?」

「高杉様、か……」

確かに、高杉は〈体制派〉に属しているわけではない。かといって〈改革派〉でもない。そのため、周囲からは、日和見《ひよりみ》主義だとか、蝙蝠《こうもり》のような奴だとか陰《かげ》口《ぐち》を叩かれている。

「立場的には曖昧《あいまい》だが、渕上と反りが合わないことは確かだ」と彦太郎。

「なぜわかる?」

「高杉様は領民の暮らしぶりについて我々郡方によく質問される。年貢を搾《しぼ》り取ることしか考えていない渕上とは大違いだ」

「だったら、渕上の不正を堂々と咎《とが》めればよいではないか。それをしない以上、日和見と言われても仕方がない」

「まあ、それはそうだが……」

二人は再び黙り込んだ。

だが、その時、春之助の脳裏にはある出来事がぼんやりと浮かんでいた。

それは二年前のことだ。

父を亡くし、十七歳で家督《かとく》を継いで登城した春之助に声をかけてきた重役がいた。廊下にひれ伏す春之助に、その重役は、「どのような仕事も、忠義《ちゅうぎ》の道と思って励《はげ》めば辛《つら》くはないぞ」と言ってくれた。

後で知ったのだが、それが高杉だった。ただそれだけの事だ。見かけぬ若者に気まぐれで声をかけたのかもしれないし、そのことで高杉に対する芳《かんば》しくない評判が払拭《ふっしょく》されるわけでもない。しかし、少なくとも、高杉の言葉は今でも心に残っている。決め手になるとは思えないが、今はその記憶しか頼るものはない。

――賭けてみるか……。

高杉が本当に日和見を決め込んでいる場合、直訴状は渕上に渡り、握り潰されてしまうかもしれない。しかし、この機を逃せば次はない。

心を決めた春之助は、彦太郎に向き直った。

「高杉様はおまえたち郡方も担当されている。なんとか渡りを付けてくれないか？」

「先ほども言ったが、郡奉行の原田様は渕上に頭が上がらない。そのような奴は頼れない」

「では、名前だけ借りればよい」

「どういうことだ？」

「原田様は今、どこにいる？」

「そう言えば、午後から非番だ」

「では、重要な決裁事項があることにして、これから高杉様のところへ行こう」

「そんな無茶な……」

彦太郎の下ぶくれ顔が歪み、まるで皺《しわ》の寄った大福餅《だいふくもち》のようになった。

「他に手があるか？」

「……いや、ない」

「では行こう」

有無《うむ》を言わせぬ春之助の押しに、彦太郎はとうとう首を縦に振った。

重臣たちが評議を行う御用部屋の脇の廊下には夕日が差し込んでいる。

その眩《まぶ》しさに、時折目を掌《てのひら》で覆いながら、春之助と彦太郎は高杉を待っていた。

半刻ほど前、側近を通して面会を申し込んだのだが、多忙につき時間がないと追い返されてしまった。こうなったら、部屋から出てくるのを待ち、強引に引き留めるしかない。

時間が過ぎ、陽はますます傾いてきた。

——まるで、沈みゆく〈改革派〉の運命のようだな……。

そう思いながら待つこと、さらに半刻。

ようやく襖が開き、高杉が姿を現わした。

長身瘦軀《そうく》という表現がこれほど見事に当てはまる人物はいないだろう。喩える なら蟷螂《かまきり》。頰はこけ、窪《くぼ》んだ眼窩《がんか》の奥の瞳は異様なほど鋭い光を放っている。初対面であれば、思わず尻込みしてしまいそうな威圧感だ。

ごくりと唾を飲み込み、目で合図し合った二人は、腰をかがめながら高杉の前に進み出て、その場に平伏した。

高杉が足を止める。

側近たちが駆け寄り、前に立ち塞がった。

「何者だ？　ご家老様に対して無礼であろう」

高杉は手を上げて彼らを制し、低い声で訊いた。

「何用か？」

「ご無礼の段、お許しください」と、彦太郎は裏返りそうになる声を必死で抑えながら言った。「郡奉行の原田様がご非番の折、火急の決裁事項が発生いたしました。ご家老のご承認をいただきたく、ご無礼を承知でお待ちしておりました」

「明日まで待てぬのか？」

「申し訳ございませぬが、急を要します」

高杉は、彦太郎の後ろに控える春之助を指した。

「なぜ勘定方の者が一緒にいる？」

春之助は驚いた。憶えていてくれたのだ。それなら脈はある。

「勘定方も関係する事項なのです」と、彦太郎は言い繕《つくろ》った。「しかし、勘定奉行の菅原大膳様は、今朝方《けさがた》……」

事情を汲《く》み取《と》った高杉は、仕方がないといった表情を見せた。

「どのような内容だ？」

――今だ……。

春之助は膝立ちで進み出ると、懐から出した直訴状を捧《ささ》げ持った。

「……？」

高杉は直訴状を受け取り、その場で開くと、目を通した。

瞬時にして顔がこわばる。

「これは……」

「何卒《なにとぞ》、殿にお渡しください。証拠は間もなく江戸から届きます」

必死の形相《ぎょうそう》で訴える春之助。彦太郎も畳に額を擦《こす》りつける。

だが、高杉は一言も発さず、直訴状を裃《かみしも》の襟《えり》の合わせに差し込むと、そのまま二人の前を通り過ぎた。

「高杉様！」

追い縋《すが》ろうとする春之助たちの前に側近たちが立ち塞がった。

三．弥生二十三日　那奈原

日没まで待ったが、高杉からの呼び出しはなかった。

我慢しきれず、彦太郎を通して問い合わせたところ、既に下城したとのことだった。

嫌な予感が胸を過《よぎ》るが、ここで騒いでもどうにもならない。

春之助は失意のまま城を辞した。

このまま旅籠《はたご》に泊まろうかと思ったが、明日の状況次第では、その場で切腹も考えられる。そうなると、母の千恵《ちえ》は、夫に続いて息子まで喪《うしな》うことになる。

——顔も見せないままでは、あまりに親不孝か……。

そう考え直した春之助は、足を自宅に向けた。

久米家は二百石取りで、上士の部類に入る。しかし、山あいに立地する那奈原の城下町は狭く、武家屋敷の敷地もなべて狭い。

その小さな家の玄関で帰宅を告げると、驚いた千恵と姉の雪乃《ゆきの》が出てきた。

「春之助、なぜここにいるのです?」

江戸にいるはずの息子が突然帰ってきたのだ。無理もない。

「お役目です」とだけ答えた春之助は、腰から抜いた大小を差し出した。

千恵は一礼すると、着物の袖に入れた手で恭《うやうや》しく刀を受け取った。

父の仙太郎《せんたろう》は二年前に他界したため、今では春之助が家長だ。

「すぐに勘定奉行の菅原大膳様の通夜《つや》に行かなければなりません。喪服《もふく》を出してください」

菅原大膳の通夜は質素なものだった。とても藩の重役のものとは思えない。参列者もごくわずかだ。

春之助は隣に座った彦太郎を突《つつ》いた。

「おい、なぜこんなに少ないのだ？」

「仕方ないさ。皆、渕上に睨まれることを恐れている」

見回すと、確かに、参列しているのは〈改革派〉か、それに近しい者ばかりだ。ここを襲われたら〈改革派〉は壊滅《かいめつ》だ。

さすがに、〈体制派〉も城下でそのような無茶はしないだろうが、この参列者の少なさは渕上の威光の強さを物語っている。

家族に悔やみの言葉をかけて通夜の席を辞し、自宅に戻った春之助は、玄関先で千恵に塩で体を清めて貰った。

それを見ていた姉の雪乃が訝しげな視線を送ってきた。

「あなた、何か仕出《しで》かして、江戸から追い返されたのではないでしょうね？」

子供の頃から人一倍気が強い雪乃は、目鼻立ちのすっきりした華やかな容姿《ようし》を持ちながら、その立ち居振る舞いは男のようで、母親の千恵のような楚々《そそ》とした奥ゆかしさは微塵《みじん》も持ち合わせていない。それが仇《あだ》となり、嫁《とつ》ぎ先の姑《しゅうとめ》と衝《しょう》突《とっ》して久米家に出戻ってきた。

春之助は首を振った。

「そのようなことはありませんよ」

一方、急な息子の帰国に嬉《うれ》しさが隠しきれない千恵は、台所で女中にあれこれ指示しながら無邪気な声を上げていた。

「帰るなら帰るで、前もって言ってくれないと、ろくなものを食べさせてあげられないではないですか」

雪乃が頰を膨らませた。

「春之助は江戸で散々美味《おい》しいものを食べているのです。私たちが日頃食べているもので十分ですよ」

「全くおまえは、そんな風だから実家に戻されるのですよ」

母と娘の気楽さで繰り出される遠慮のない会話に、実家に帰ってきたという実感が湧《わ》く。だが、自分に万一のことがあれば、この母娘二人だけが残されるのだ。それを思うと胸が詰まった。

夕餉の主菜は山女魚《やまめ》の塩焼きだった。春之助の大好物だ。他にも、山菜の和《あ》え物や野菜の煮付けといった素朴《そぼく》な料理が並ぶ。久しぶりの家族水入らずの食事だ。

煮物をつまみながら、雪乃が訊いた。

「どうなの？　江戸の娘さんは、やはり綺麗《きれい》なの？」

「さあ、どうでしょう。私には那奈原の女性と甲乙《こうおつ》付けがたいように思えますが」

「口が上手くなったわね」

千恵は大盛りによそった飯を春之助の前に置いた。

「そんなことよりも、国元へ帰ってきたら、すぐにでも佐代《さよ》様との婚礼を進めなければなりませんね」

春之助には佐代という許嫁《いいなずけ》がいる。

父の親友の娘で、十六歳になる。小さい頃から知っているが、江戸詰めになってからは文のやりとりをするだけだ。だが、事と次第によっては、その話もなくなるかもしれない。

――佐代殿とも、もう会えぬかも……。

そう思うと、春之助の心は一層暗くなる。

表情の微妙な変化を見逃さず、千恵が訊いた。

「どうしたのです？　久しぶりに帰ってきたというのに、元気がありませんね？」

「そうですか？」

「ええ。なんだか、話も上《うわ》の空《そら》」

春之助は箸《はし》を止め、努めて明るく笑った。

「そのようなことはありません」

「本当ですか？」

さすがは母親だ。息子のことなら何でもわかるらしい。

心配をかけまいと、春之助は精一杯の虚勢《きょせい》を張った。

「本当です」

「そう。それなら、良いのですが……」

夕餉を終えると、風呂が沸《わ》いていた。

ゆっくりと湯に浸《つ》かった春之助は、早めに床に就いた。

それは深夜、旅の疲れでぐったりしているにもかかわらず、明日のことを考えてなかなか眠りにつけない春之助がようやくうとうとし始めた頃のことだった。

ことりという音。

――……？

春之助は枕元の刀を摑むと、そっと布団《ふとん》から抜け出した。

次の瞬間、雨戸が蹴破られ、三つの人影が飛び込んでくるなり、春之助が寝ていた布団に一斉に刀を突き刺した。

手ごたえがない。

驚いた三人が振り向いた時、差し込む月の光を背にした春之助が袈裟懸《けさが》けに刀を振り下ろした。肉を断《た》つ重い手ごたえ。すかさず刀を返し、もう一人を下から斬り上げる。

不意を突かれた二人は、絶叫《ぜっきょう》とともに布団に倒れ込んだ。

初めて人を斬った。

体の震えを抑える間もなく、後ろから三人目が斬りかかってくる。

その刀を避けた瞬間、布団に足を取られ、不覚にも尻餅をついた。

すかさず鋭い突きが襲う。後ろに転び、すんでのところでかわす。起き上がったところに次の一閃《いっせん》が来た。かろうじて避けたが、もう部屋の隅だ。これ以上は下がれない。

た。
それを押しのけて顔を上げると、仄《ほの》かな明かりのもとで男の姿が浮かび上がっ
目を開けると、刺客の体が大きく揺れ、覆い被さるように倒れてきた。
だが、次に聞こえたのは、ぐあっという叫び声だった。
刺客の声に、春之助は思わず目を瞑《つむ》った。
「覚悟！」

彦太郎だ。

「春之助、大丈夫か？」

「どうしてここに？」

「雪乃さんが知らせてくれた」

視線を転じると、蒼褪《あおざ》めた雪乃が廊下に立っている。

母の千恵は腰が抜けて動けないなか、気丈な雪乃は寝間着姿のまま家を飛び出し、近所の彦太郎の家に駆け込んで助けを求めたのだ。

「こいつらは？」と彦太郎が訊いた。

「〈体制派〉の連中だろう」

「送り込んだのは渕上か？」

「さあな。高杉かもしれぬ」

その時、蝙蝠のごとく部屋に飛びこんできた黒い影が、いきなり彦太郎に襲い掛かった。

「危ない！」と叫ぶ間もなく、一刀のもとに斬られた彦太郎が畳に転がった。

「彦太郎！」

彦太郎を斬った剣先はそのまま伸び、春之助の肩を掠《かす》った。

激痛が走り、手から刀が落ちる。

――しまった！

すぐに次の一閃が来る。

身を投げ、畳を転がって避けたが、相手は連続突きを繰り出し、転がる体の脇に次々と刀が突き刺さった。

倒れている刺客の刀を奪って立ち上がった春之助は、自分を襲った影の正体を見た。

――篠崎俊吾……！

なんと、それは、〈韋駄天の庄治〉が谷底に突き落としたはずの篠崎だった。

「生きていたのか？」

驚く春之助に、篠崎はにやりと笑いかけた。

「幸いにも木の枝に引っ掛かり、谷底への転落を免《まぬが》れた。九死に一生とはこのことだ」

春之助は床に転がっている刺客たちを指した。

「では、こいつらはおまえの手下か?」

「知らぬ。俺は、今、那奈原に戻ってきたばかりだ」

――ということは、やはり刺客を送ったのは渕上か……。

渕上が春之助のような若い藩士のことを知っているとは思えない。恐らく、勘定方の誰かが、江戸から蔵前の仲間が戻ったと通報したのだろう。

「おまえは、なぜ私を襲う?」

「蔵前亡き後、目障《めざわ》りなのはおぬしのみ。邪魔者は消す」

正眼に構えた篠崎はじりじりと迫ってくる。

春之助は一歩退くと手を上げ、「聞け!」と叫んだ。「渕上は、おまえが私怨で蔵前を襲ったことにするつもりだ。そうなれば篠崎家はお取り潰しだ。そんな奴のために働くのか?」

「世迷言《よまいごと》を!」

「嘘ではない」

聴く耳を持たない篠崎は間合いを詰めてくる。

春之助は徐々に退いたが、このままでは壁際に追い詰められてしまう。

死中に活を求めて攻勢に出なければ斃される。

――どうせ死ぬなら攻めて死ぬ！

春之助は右足で畳を蹴り、思い切り突いて出た。

篠崎はその刀を巻き落としにかかり、二人の顔はお互いの目の前まで近づいた。

「目を覚ませ、篠崎！」

「おぬしのような小童《こわっぱ》の言葉なぞ信じられるか」

篠崎が力任せに腕を伸ばす。春之助は後ろに弾き飛ばされた。

すかさず立ち上がろうとした時、足に激痛が走った。寝間着の腿《もも》のあたりが血に染まっている。体を離した時、篠崎の刀が春之助の足を掠ったのだ。

――くそ……。

ここまでかと思った時、春之助と篠崎の間に立ち塞がった影があった。

その影は、まるで鷹《たか》が羽を広げるかのように、ゆっくりと両手を上げた。

突然現われた二刀流の武士に、篠崎は構えを上段から正眼に変えた。

「新之丞殿!」

「おぬし、昨日の……」

直接立ち合ってはいないが、配下の者をことごとく斃した男だ。

「左様」

「よくも配下の者たちを……」

「将来のある者たちを下らぬ権力争いに巻き込むとは、愚《ぐ》の骨頂《こっちょう》」

「知ったような口を!」

言うが早いか、篠崎は大きく踏み込んできた。

稲妻《いなずま》のごとく突き出される剣を右手の大刀で受けた新之丞は、腰を一気に回転させ、左手の小刀を振り下ろした。だが、その一撃は躱され、着物を切り裂くだけに終わった。

篠崎の次の一撃が正面から襲ってくる。

新之丞は大刀と小刀を交差させて受け止め、そのまま捻って巻き落としに入った。

しかし、篠崎も負けてはいない。力任せに剣を押しつけて譲《ゆず》らず、互いの身体は徐々に近づいていった。そして両者の力が極限に達し、均衡《きんこう》状態に入った瞬間、まるで申し合わせたかのようにさっと身を引き、間合いを取った。

篠崎はすかさず上段に構え直し、渾身《こんしん》の力で剣を振り下ろす。

防ぐ新之丞の大刀は凄《すさ》まじい衝撃に火花を散らした。

弾かれた刀を思いきり振り下ろす篠崎。受ける新之丞の右手はまだ回復していない。両手でも弾き飛ばされそうな衝撃を、これ以上片手で受けるのは無理だ。

次の打ち込みを受けた時、新之丞は微妙な角度で刀を傾け、篠崎の刀の衝撃をうまく逃がしつつ、そのまま刃を滑《すべ》らせた。そして、篠崎の刀が鍔《つば》までに達したところで一気に手首を伸ばし、切っ先で首筋を抉《えぐ》った。

ぐっという唸り声。

篠崎は両肘《りょうひじ》をつくと、手で首筋を押さえた。だが、断ち切られた頸動脈《けいどうみゃく》からの血の噴出は止まらない。

それを見下ろす新之丞は、左手の小刀を投げ捨て、両手で大刀を摑むと、渾身の力を込めて斬り下ろした。

肉を断つ凄まじい音が部屋の中に響く。

篠崎は最期の声も出せず、そのまま前のめりに頽れた。

春之助は彦太郎に駆け寄り、その体を抱き起こした。

幸い、まだ息はある。

篠崎を斃したばかりの新之丞が、肩で息をしながら膝を突き、脈を診《み》た。

「大丈夫だ。助かる」

だが、そう言う新之丞の着物には大量の血が滲《にじ》み出していた。腕からも滴《したた》り落ちている。返り血ではない。かなりの深手だ。

あまりの速さで見えていなかったが、接近した新之丞と篠崎が同時に身を引いた瞬間、咄嗟に伸ばした篠崎の切っ先が新之丞の胸と腕を抉っていたのだ。

新之丞は、自分の血は流れるにまかせ、袂の布を噛んで引きちぎると、彦太郎の傷口をしっかりと縛った。

廊下で呆然と立ち尽くしていた雪乃は、はっと我に返ると、「医者を呼んできます」と言い残し、夜の闇のなかへ飛び出していった。

四半刻《しはんとき》もたたないうちに、雪乃は医者の手を引っ張りながら帰ってきた。

医者は、新之丞が施した止血の処置を褒《ほ》め、その場で彦太郎の傷口を縫《ぬ》った。

「急所は外れている。命に別状はない」

次に、医者は新之丞と春之助の傷を診た。

新之丞の傷は深かったが、幸いにも骨には達していなかった。春之助はかすり傷ですんだ。

手当てを終えた医者が帰っていくと、春之助は新之丞に向き直り、深々と頭を下げた。

「二度も助けていただき、感謝の言葉もありません」

新之丞は疲労困憊《こんぱい》の顔を振った。

「拙者が斃したのは一人。後の三人を斃したのは貴殿たちだ」

「しかし、どうしてここへ？」

「谷底へ落ちたはずの男の遺体が見つからないと庄治が言うものでな。もしやと思い、馬で後を追ってきた」

「その腕で馬に？」

「苦労した。それでこのように遅くなった」

「よく私の家がわかりましたね」

「武家屋敷をうろうろしていたら、寝間着姿の娘が飛び出してきた。その家に近づいてみたところ、中で斬り合いの音が聞こえてきた。そのうち、同じ娘がこの

あることを思い出した。

新之丞の言葉に、彦太郎の手当てをしていた雪乃は、自分が寝間着姿のままで

雪乃と彦太郎のことを言っているのだろう。

若者を連れて戻ってきた」

――……！

慌てて胸のあたりを腕で覆いながら立ち上がった雪乃は、そのまま部屋から飛び出していった。

「今のおかたは？」

「姉です」

新之丞は、感心したように、「ほお」と声を上げた。「気丈《きじょう》な人だ。あの姉上がいなければ、貴殿は今頃、この世にはいないぞ」

「そうですね……」

日頃は口やかましいだけの姉だが、いざという時にこれほど頼りになるとは思わなかった。

新之丞は春之助に向き直った。

「で、不正の証拠は届いたのか？」

「いえ、まだです」

「直訴状は？」

「三席家老の高杉に託《たく》しました」

「そうか……」

「どう転ぶかわかりません。明日が勝負です」

新之丞は春之助の肩を叩いた。

「実は、拙者が貴殿の後を追ってきた本当の理由は、化粧を落とした顔を見て驚いたからだ。まだ、若輩者ではないか。だが、貴殿の決意を思うと、その場で口にすることは憚《はばか》られた。だから敢《あ》えて先に行かせ、後を追った。せめて、本懐《ほんかい》を遂《と》げる手助けをしようと思って、な」

「そうだったのですか……」

「しかし、貴殿は堂々と篠崎に立ち向かった。もはや一人前の武士。明日は運を天に任せ、自分の思うとおりに行動すればよい」

　そう言い終わった新之丞は、疲れと失血によって意識を失い、後ろ向きに倒れたまま動かなくなった。

四．弥生二十三日　江戸　両国

江戸では、伊勢屋の番頭の宗次が残金の二百五十二両を玉屋に届け、それと引き替えに二百石（五百俵）の米が米蔵に搬入された。

言うまでもなく、その米は〈丑三つの辰吉〉が伊勢屋の蔵から盗み出したものだった。すなわち、伊勢屋は盗まれた自分の米を相場の三割増しで買い戻したことになる。

そうとは知らない伊勢屋の源治郎のもとに朗報が舞い込んだ。米の市場価格が昨日の一・五倍に上がったというのだ。浅草御蔵が焼けたという噂が江戸中に広まったための急騰だった。

「そらきたぞ！」と、源治郎は驚喜《きょうき》した。

宗次はすかさず進言した。

「旦那様、在庫の米を一気に売り払いましょう」

源治郎は首を振る。

「まだだ。明日になれば二倍になる」

「ですが……」

「大坂行きの船の予約は全て取り消しなさい。他藩からの横流し米も、すべて江戸で売り捌《さば》くから、そのつもりで」

「その前に、この二百石だけでも売った方が良いと思います。相場は生き物です。いつ反転するかわかりません」

先代の頃から伊勢屋に奉公している宗次は、米相場の怖さを嫌というほど知っている。せめて半分の百石でも売り、今すぐ利益を確定したほうがいい。

だが、欲に目がくらんだ源治郎は全く耳を貸さなかった。

「いいから私の言うことをお聞き！」


伊勢屋を悲劇が襲ったのはその日の午後だった。

高騰を続けた米の価格は、なぜか急落に転じた。

「何が起きているのだ？」

蒼い顔で右往左往している源治郎のところに、奉公人の一人が駆け込んできた。その手には瓦版《かわらばん》が握られている。

「旦那様、浅草御蔵の米は焼けていませんでした！」

「なんだって?」

奪うようにして手に取った瓦版を見た源治郎の顔からざっと血が引いた。

瓦版には蔵奉行が公《おおやけ》にした話の内容が載っていた。浅草御蔵への類火は事実だが、焼けた蔵は増築したばかりのもので、中は空《から》だったと書かれてある。すなわち、米に被害はなかったのだ。

「なんてことだ……」

源治郎が頭を抱えて嘆《なげ》いている間にも、米の価格は急激に下がっていった。

浅草御蔵が焼けたという噂で米を仕入れていた米問屋が一斉に在庫を放出したため、値崩れを起こしたのだ。そして、遂《つい》に米の価格は一石=一両を切った。伊勢屋の入札価格である一石=一・四両から三割減。これでは大損だ。

香月に引き続き、玉屋伊兵衛にも騙されたと思うと、怒りで頭のなかが真っ白になる。

「おのれ、玉屋め!」

嚙みしめた唇から血を滲ませた源治郎は、店を飛び出ると、太った体を揺すって通りを突っ走り、玉屋に飛び込んだ。

汗だくの源治郎を見た伊兵衛は驚いた。

「おや、どうなさいました？」

「あんた、私を騙したな？」

「騙した？」

「浅草御蔵の米は焼けていなかったじゃないか」

「どういうことですか？」

「米の値段は上がるどころか、どんどん下がっているぞ」

「ははあ……、そういうことですか」

「なんだと？」

破裂寸前の爆竹のような源治郎に冷ややかな視線を向けながら、伊兵衛は言った。

「それはあなたの勘違いですな。私は、浅草御蔵が焼けたとは言ったが、米が焼けたとは言っていない」

「しかし、あんたは米の急騰を前提として、入れ札への参加を勧めてきたではないか」

伊兵衛は笑った。

「それは、あなたの一方的な思い込みではありませんか？」

「なに？」

「あの時の会話を思い出してみてください」

「なんだと？」

源治郎は頭のなかで記憶を辿《たど》った。

伊兵衛は浅草御蔵が焼けたと言った。そして、このことはすぐに江戸中に知れ渡るとも言った。そして、そうなれば米の値が急騰すると考えたのは……。

――私だ……。

伊兵衛は、落札価格は相当高くなるだろうと言った。浅草御蔵が焼けたとなれば米の価格は高騰すると思い、それは構わないと答えたのは……。

――これも私だ。

しまったと思うと同時に、源治郎の心に疑いが湧《わ》いてきた。

――これは罠《わな》だったのではないか？

巧妙な会話で米の入れ札に誘われ、高値で買い取らされたのではないのか？

その想いを抑えられない源治郎は、伊兵衛をぐっと睨みつけた。

「あんた、あたしを嵌《は》めたな？」

伊兵衛はやれやれといった顔で肩をすくめた。

「私は公正な入れ札への参加をお勧めしただけです。それに、米の価格は一時的にでも高騰したではないですか。なぜその時に売ってしまわなかったのですか？」

　そこを突かれると痛い。しかし、今はなりふり構ってはいられない。

「人の商《あきな》いに口を出すのはやめてもらおう。それよりも、あの入れ札は無効だ。米は返す。金も返してくれ」

「一度成立した取引をなかったことにしろと？」

「悪意のある取引は無効だ」

「ほう」伊兵衛の目が細くなった。「伊勢屋さんともあろう老舗《しにせ》が、一旦《いったん》交わした約束を反故《ほご》になさるというのですか？」

「そうだ」

「そんなことをしたら、二度と江戸で商売ができないようになりますよ」

「私は騙されたんだぞ。約束を反故にして何が悪い」

　伊兵衛は凄みのある視線を向けた。

「商いを舐《な》めてもらっては困る。約束は約束。それすら守れないような奴は、私が二度と商売ができないようにしてやる」

日頃は温厚な伊兵衛の豹変《ひょうへん》ぶりに、源治郎の背筋がぞくっと震えた。言い返したいが、適当な言葉が出てこない。

——くそ……！

悔し紛《まぎ》れに伊兵衛を睨みつけた源治郎は、くるりと踵《きびす》を返すと、玉屋を後にした。

第五章　直訴状

一．弥生二十四日　那奈原

朝、凍《こお》るように冷たい井戸水で体を清めた春之助は、千恵に用意して貰った新しい下着と父の形見《かたみ》の袴《はかま》と裃《かみしも》を着けた。

昨夜は、あれから目付たちがやってきて、根掘り葉掘り事情を訊かれた。

春之助は、自宅に乱入した賊を討ち取っただけだと主張し、目付たちもそれを認めざるを得なかったのだが、質問に答えているだけで空が白み始め、遺体が全て運び出された頃には夜はすっかり明けていた。

慎三からの早飛脚はまだ来ない。

しかし、とにかく登城するしかない。

家を出ると、春之助の姿を見た者たちは互いに目を見合わせ、ひそひそ声を交わした。狭い武家屋敷界隈《かいわい》のことだ。昨夜の事件は皆の知るところとなっている。

そのなかを毅然《きぜん》として進んで登城すると、勘定方の御用部屋に入った。

勘定方の面々は、皆、下を向いたまま黙々と業務をこなしている。余計な事に首を突っ込むのは得策でないとばかりに、誰も声をかけてこない。

春之助は御用部屋の隅に正座して待機したが、あいかわらず、高杉からの呼び出しはない。

あっという間に昼になり、各々《おのおの》、持参した弁当を開き始めた。

慎三からの早飛脚はまだ来ない。

春之助も千恵に弁当を持たされていたが、腹を切る事態になることを考えると、食べることは憚《はばか》られる。

午後になった。

空腹を抱え、瞑目《めいもく》して待っていた春之助にようやく家老の高杉から呼び出しがかかり、案内役の若者が勘定方の御用部屋までやってきた。

――来たか……。

早飛脚はまだ到着しないが、これ以上は待てない。

頬《ほお》をぱんと叩き、気を引き締めて立ち上がった春之助は、案内役に導かれるまま、長い廊下を進んだ。

案内役はどんどん奥に進んでいく。

不審に思った春之助は後ろから声をかけた。

「ご家老のお部屋は通り過ぎてしまったのではないですか？」

案内役はにこりともせず、「このままお進みください」と答えた。

そして、最終的に辿りついたのは、想像もしていなかった場所だった。

藩主、那奈原資盛の謁見《えっけん》の間だ。

――なんと……。

緊張で顔が引《ひ》き攣《つ》る。

上士である久米家の当主は藩主への目通りが許されている。とはいえ、弱冠《じゃっかん》十九歳の若者が藩主から召し出された例はない。

「こちらで御腰のものお預かりいたします」

刀は登城時に預けている。ここに脇差《わきざし》も預け、丸腰で行けと言うのだ。それでは切腹もできない。

躊躇《ちゅうちょ》する春之助に、案内役は怪訝《けげん》そうな視線を向けてきた。

ここで怪しまれては謁見の機会を逸《いっ》してしまう。

仕方なく、帯から脇差を抜いて差し出した。

誰もいない謁見の間に入った春之助は、背筋を伸ばして正座した。

その瞬間、不思議なことに、妙に腹が据《す》わった。

——こうなったら、なるようになれだ。

しばらくすると、襖が開き、次席家老の渕上と三席家老の高杉が入ってきた。

二人は、藩主の座と春之助の間に並んで座る。

続いて、刀を捧《ささ》げ持った小姓が入ってきた。

次はいよいよ藩主、資盛だ。

渕上と高杉、そして春之助の三人はそろって平伏した。

資盛がゆっくりと入ってくる。

資盛は春之助が江戸詰めになってすぐに帰国したため、その姿は数回しか見かけたことがないが、快活な若様という印象だった。しかし、なぜか、今日の資盛にその面影《おもかげ》はない。

藩主の座に腰を下ろした資盛はいきなり口を開いた。

「そのほうが久米春之助か？」

初めて聞く資盛の声だ。少し甲高《かんだか》い。

春之助は平伏したまま「はっ」と答えた。

資盛が目配せすると、小姓の一人が近づいてきた。

蟹《かに》の甲羅《こうら》のように固まっている春之助の前に一枚の紙が置かれる。

江戸の瓦版だ。

渕上が言った。

「その瓦版は、先程、江戸からの早馬で届いたものだ。読んでみよ」

「はっ」

手に取った瓦版の概要は次のようなものだった。

二十一日の夜、江戸の浅草付近で火事があった。幸い、火は夜のうちに消し止められたが、多くの者が焼け出された。翌日の早朝、ある藩の江戸屋敷が幕府や他藩に先駆けて〈お救い米〉の炊き出しを行い、焼け出された人たちに配った。

幕府の一歩も二歩も先んじた機敏《きびん》な行動をした藩の名は那奈原藩。話によると、若き藩主の資盛は稀代《きだい》の名君との呼び声が高く、江戸で一朝《いっちょう》事ある時は他藩に先駆けて民《たみ》を助けよと日頃から江戸屋敷の家臣に申し付けていた由《よし》。この一件により、那奈原藩の江戸における名声は一気に高まった。

目を丸くしている春之助に、渕上が訊いた。

「そのほう、江戸《えど》表《おもて》の状況の報告のために戻ってきたと聞いた。この瓦版の内容に心当たりはないか?」

「いえ……」

「何か隠しているのではないか?」

「滅相《めっそう》もございません」

「では、なぜ、我々に無断で江戸屋敷の米が炊き出しに使われた?」

「わかりません」

首を振りながらも、春之助の心には引っかかることがあった。

備蓄米のことだ。

慎三は、渕上たち〈体制派〉による米の横流しの証拠を集めているはずだ。まさか、その米を使ったのではないだろうか。

しかし、では、なぜそれを〈お助け米〉に使い、無料で放出する? それでは慎三たちの儲《もう》けにならないではないか。

考えれば考えるほどわからなくなり、困惑《こんわく》顔で首を捻《ひね》っていると、渕上は春之助への詰問《きつもん》を止め、資盛に向き直った。

「殿、実は最近、藩の内部に不穏《ふおん》な動きがございます」

「なに？」

「自《みずか》らを〈改革派〉と名乗っている連中のことでございます。政治《まつりごと》を改革するなどと立派なことを口にしていますが、やっていることといえば政治の妨害《ぼうがい》ばかり。藩の秩序《ちつじょ》を守ろうとする我々と対立し、現に、我が配下の者にも危害が及んでおります」

「なんだと？」資盛の顔が強張《こわば》った。「まさか、蔵前も……？」

「いえ、〈改革派〉が狙ったのはこの久米春之助。久米は、昨夜、自宅で襲われてございます」

——え……？

驚いた春之助は目を見開き、渕上と高杉を見た。

高杉は黙って瞑目したままだ。

渕上は続けた。

「実は、この久米は、それがしが〈改革派〉に潜《もぐ》り込ませた間者《かんじゃ》。それが露見《ろけん》し、襲われたと思われます」

——そういうことか……。

篠崎たちが蔵前と相討ちになったらしいと知った渕上は、夜討ちによる口封じに失敗した春之助を味方に取り込むことで、全てを揉《も》み消そうとしているに違いない。

いかにも渕上らしい、姑息《こそく》なやり口だ。

「このお助け米も、〈改革派〉の仕業《しわざ》に相違《そうい》なきものと存じまする」

ここで、高杉が初めて口を開いた。

「しかし、その結果として、我が藩の名声が高まったのでは？」

「だからといって、無断で藩の米を使ったことの言い訳にはならぬ。他にもそのようなことがないか、徹底的に調べる必要がある」

「まあ、それは道理ですな」

それだけ言うと、高杉は早々に口を閉じてしまった。あまり反論する気もなさそうだ。

資盛は呻《うめ》き声を上げた。

「なんということだ……。私は国元入りして間もなく、藩の内情には疎《うと》い。しかし、我が藩にそのような不届き者がいるとは信じられぬ」

「事実は事実でございます。殿のご威光を盤石《ばんじゃく》のものにするためにも、このような者たちをのさばらせておくわけには参りませぬ。厳罰をもって処すべきと存じます」

ここで、渕上は春之助に向き直った。

「そのほう、これからすぐに江戸に戻り、今回のお助け米の件をつぶさに調べよ。そして、その他に同様の不正がないかどうかを確認し、我々に報告せよ」

春之助の口を封じたまま江戸に追い返すつもりだ。そして、蔵前のように、道中で謀殺《ぼうさつ》するつもりだろう。

話は渕上の思惑《おもわく》どおりに進んでいく。

春之助は救いを求めるような目で高杉を見た。

——あの直訴状を、一体どちらに渡したのですか？

そう目で訴えても、高杉は口を噤《つぐ》んだまま動かない。

春之助の額から冷や汗が流れる。

藩主の目前で次席家老から命令されているのだ。これを無視することは、すなわち主君の命に背《そむ》くことになる。だが、この命を受ければ、田之上をはじめとする〈改革派〉の仲間を裏切ることになる。

「返事はどうした？」と、渕上が有無《うむ》を言わせぬ口調で迫った。

ここまで強気に出るということは、直訴状は渕上に渡っていると考えるべきだろう。そもそも、書状を高杉に託したこと自体が賭けだったのだ。その賭けに負けた以上、あとは徒手空拳《としゆくうけん》で戦うしかない。

腹を決めた春之助は、平伏したままで声を上げた。

「恐れながら申し上げます」

「何だ？」

「渕上様は、私を〈改革派〉に潜り込ませたと仰《おつしや》いましたが、そのような覚えはございません」

「なんだと？」渕上は口元を歪《ゆが》ませた。「おぬし、自分が何を言っているのかわかっているのか？」

よもや自分を敵に回すつもりか、と言っているのだ。

だが、春之助の決心は変わらない。

顔を上げ、きっと渕上を睨《にら》みつける。

「領民を飢饉《ききん》から救うための備蓄米を横流しし、その事実を殿に直訴しようとした蔵前伸輔を謀殺したのは、他ならぬ渕上様ではありませんか？」

「なんだと？」

「拙者は蔵前の遺志《いし》を継ぐ者。決して貴殿の間者ではござらぬ」

渕上の顔がみるみる硬直《こうちょく》していく。

「殿の御前でなんと無礼なことを……」

だが、ここで騒ぐのは逆効果と思い直したのか、渕上は気を落ち着けると、大げさに溜息をついた。

「殿の御前でそのような誹謗中傷《ひぼうちゅうしょう》を口にするからには、それなりの覚悟があってのことであろうな？」

ここまで来ては後には引けない。春之助は精一杯胸を張った。

「もちろんです」

「よかろう。ではその証拠を見せてもらおう」

「今は持ち合わせておりませぬ」

「なんだと？」

渕上は呆《あき》れたといった表情を見せた。

瞑目していた高杉も目を開け、春之助を睨む。

春之助は再び平伏した。

「今は殿の御前。この件につきましては別室でお話しさせていただけませんでしようか？」

この時点で、春之助は渕上と差し違える決意を固めていた。

刀は預けて丸腰の状態だが、渕上は脇差を帯びている。いきなり抱きつき、脇差を抜いて突き刺せば斃せる公算はある。当然、春之助は斬られるだろうが、その前に自害する覚悟だ。

それを主君の眼前で行うことはできない。そのため、別室に移ることを提案したのだ。

だが、春之助の申し入れは意外な人物によって却下《きやっか》された。

「だめだ。それは私が許さぬ」

短く、しかしはっきりと言い切ったのは高杉だった。

「おぬしの目には死線を超えた決意が見える。今、死なせるわけにはいかぬ」

いきなり膝立《ひざだ》ちで前に進み出た高杉は、資盛に向かって平伏し、一通の書状を差し出した。

「殿。これをお読みください」

春之助はあっと息を呑《の》んだ。

直訴状だ。

小姓を介して受け取り、なかに目を通した資盛の手が震える。

目を上げた資盛は、「新衛門」と、渕上の名を呼んだ。

「はっ」

「この内容について説明せよ」

渕上の前に直訴状が置かれた。

一読し、蒼《あお》くなった渕上は、慌《あわ》てて声を上げた。

「殿、これは拙者を陥《おとしい》れるための偽《いつわ》りにござる。このようなことは誰にでも書けまする。証拠となるものは何一つございません」

「偽物《にせもの》と申すか?」

「いかにも。〈改革派〉による謀略《ぼうりゃく》に相違ございません」

そう言い放った渕上は、高杉を睨んだ。

「そのほう、〈改革派〉であったか?」

高杉は首を振った。

「拙者、そのような権力争いに興味はござらん」

「では、なぜ、このような真似《まね》を?」

「古い考えとお笑いかもしれませぬが、拙者の価値観はただ一つ。忠か不忠かでございます」

「それがどうした？」

「この久米春之助という男、早くに父を亡くし、苦労を重ねてきた者。亡くなった勘定奉行、菅原大膳の信頼もことのほか厚うございました。そのような者が、貴殿のごとき男の手下に成り下がるとは思えませぬ」

　渕上の弛《たる》んだ顔が震えた。

「なんだと？」

「実は、貴殿が備蓄米の横流しを行っているらしいとの報告は菅原大膳から受けておりました。しかし、大坂の蔵屋敷や江戸屋敷の米蔵を調べても俵の数に変わりはなく、横流しの証拠は摑めなんだ」

「あたりまえだ。そのようなことはしておらぬわ」

「勘定方に貴殿の息のかかった者がいたのやもしれぬし、あるいは検査の日が漏《も》れていたのやもしれぬ」

「何を証拠にそのようなことを」

「左様。今まではその証拠がなかった。そして今もない。しかし、私の推測が正しければ、大坂における我が藩の借金はかなりの額となっている。もはや一刻の猶予《ゆうよ》もござらぬ」

　高杉は資盛に向き直ると、腰の脇差に手を掛けた。

「直訴状には、証拠が間に合わぬ場合は江戸屋敷の田之上が腹を切ると書かれてございます。しかし、田之上にしろ、この久米にしろ、我が藩には欠くべからざる人材。このような下らぬことで失うわけにはまいりませぬ」

　帯から脇差を鞘《さや》ごと抜き、前に置く。

「この瘦《や》せ腹を搔《か》っ切って殿への忠義の証《あかし》とさせていただきます。どうか、渕上殿に蟄居《ちっきょ》をお命じいただくとともに、不正の解明を進めていただきたく、お願い申し上げます」

「待て、高杉！」と資盛が声を上げた。

　城中での抜刀《ばっとう》は死罪だ。だが、高杉は着衣の前をはだけ、脇差を握《にぎ》った。

「殿の御前を血で汚すこと、お許しください」

　高杉が鯉口《こいぐち》を切ろうとした、まさにその時のことだった。

　急に廊下が騒がしくなったかと思うと、大きな足音が聞こえた。誰かがこの部屋に入ろうとしている。

「少し待たれよ！」という側用人《そばようにん》の声が響く。

だが、その〈誰か〉は、制止を振り切ったらしく、とうとう襖《ふすま》を開けた。

「ご無礼いたします」

入ってきた男を見て、謁見の間にいた全員があっと息を呑んだ。

なんと、それは右手を吊《つ》り、片目をさらしで巻いた蔵前伸輔だった。

怪我《けが》の様子が痛々しいが、まごうことなき蔵前、本人だ。

資盛は思わず立ち上がった。

「伸輔、生きておったのか！」

死んだと聞かされていた元剣術指南役の生還に、資盛の顔に一気に血《ち》の気《け》が戻った。

今にも飛びつかんばかりの喜びようだ。

蔵前は、資盛の前に跪《ひざまず》くと、怪我をしていない方の手を畳に突き、平伏した。

「ご心配をおかけし、申し訳ございませぬ。道中で賊に襲われ、手傷を負うてしまいましたが、なんとか無事に帰国いたしました」

「傷は？」

「なに、たいしたことはございませぬ」

その会話の間、春之助は口をあんぐりと開けたまま、幽霊でも見るような目で蔵前を見ていた。

高杉も、脇差を手に持ったまま目を見開いている。

渕上に至っては、腰が抜けたように畳に手をついていた。

「なぜ……、生きている？」

渕上の問いに、蔵前は包帯で覆っていないほうの目を向けた。

「何か、不都合でも？」

「何を言う？　死んだと聞かされていた故《ゆえ》、訊いたまでじゃ」

「ほう……、では、なぜそれほど驚かれるのです？」

渕上は「口を慎《つつし》め！」と一喝《いっかつ》した。「今は重要な評議の最中じゃ。殿への帰国のご挨拶《あいさつ》であれば、後ほどゆっくりいたせ」

「何の評議でございますかな？」

「おぬしには関係ない」

「待たれよ」と高杉が口を挟んだ。「関係がないということはありますまい」

「なんだと？」

高杉は蔵前を見据えた。

「ちょうど良いところへ来た。殿への直訴という無礼の責任を取り、これから腹を切るところだ。おぬしも見届けよ」

だが、脇差の鯉口を切ろうとした高杉の手は、目にもとまらぬ早さで身を乗り出した蔵前によってしっかりと押さえられた。手を動かそうにも、微動だにしない。

「邪魔をするでない」

「邪魔立てする気はござらぬが、その前にこれをご覧ください」

蔵前は、懐《ふところ》から出した書状を手渡した。

それを読んだ高杉は思わず目を丸くした。

「なんと……」

高杉は資盛に向き直った。

「殿、証拠の品が届きました」

小姓の手から書状を受け取った資盛は、その内容を読むなり、唸《うな》り声を漏らした。

「これは、米問屋からの訴状ではないか……」

蔵前が持参したのは伊勢屋の訴状だった。

「新衛門、読んでみよ」

渡された訴状を読んだ渕上の顔から一気に血の気が引いた。

「代金を支払ったにもかかわらず、米と偽って籾殻《もみがら》の入った俵を渡されたと書いてある。そのほうの名も出てくる。なぜじゃ？」

「皆目《かいもく》、見当がつきませぬ……」

高杉が睨みつける。

「訴状の宛先は資盛様。四万石の大名が一介の商人から訴えられる事態など前代《ぜんだい》未聞《みもん》。この責任をどうお取りになるつもりか？」

「伊勢屋という米問屋の名前なぞ、聞いたこともないわ」

「この期《ご》に及んで、まだ言い逃《のが》れをされるおつもりか？」

「なんだと？」

「新衛門」と資盛が声を上げた。

「はっ」

「正直に申せ。そのほう、何を企《たくら》んでいる？」

「なんと、殿までお疑いなのですか？」

資盛は苦しげに顔をしかめた。

「疑いたくはないが、証拠まで挙がっている以上、詮議《せんぎ》せねばならぬ」

「何と！　このような紙切れ一枚で？」

蔵前が睨む。

「拙者が命を賭《と》して江戸から運んできた不正の証拠を、紙切れと言われるか？」

「おぬし、何の恨《うら》みがあってこのようなことを！」

いきり立つ渕上を見かねた資盛が「新衛門！」と一喝した。

「はっ」

「見苦しいぞ。別命あるまで蟄居《ちっきょ》しておれ」

「殿！」

必死の形相《ぎょうそう》で資盛を見る渕上。

「弁明は取り調べの場でいたせ」

高杉が「殿のご命令じゃ！」と命じると、四方の襖が一斉に開き、控えていた側近たちがなだれ込んできた。

周囲を取り囲まれた渕上は「待て！」と手を上げ、資盛を見上げた。

「殿」

「なんじゃ？」

「失礼ながら、殿は信州沼野《ぬまの》藩がお取り潰しになった経緯《けいい》をご存じでしょうか？」

突然の質問に、資盛は眉《まゆ》をひそめた。

「確か、幕府から要求された材木を期限内に納められなかったからではなかったか？」

「そのとおりにございます。江戸大川《おおかわ》の橋の架《か》け直しに使う材木を三か月以内に納めろというのが幕府の命令でしたが、わずか四万石の沼野藩にはそもそも無理な要求でした」

「なぜ、無理を承知でそのような要求を？」

「沼野藩主の沼野信定《のぶさだ》殿は大の堅物《かたぶつ》で、幕閣への付け届けの類《たぐ》いを嫌っておられたとのこと。無理難題を押し付けられた理由はそこにありました」

「何が言いたい？」

「無体《むたい》な国役を命じられないための付け届けは必須。しかし、我が藩の財政にはその余裕がございません」

「そのために備蓄米を横流ししたと申すか？」

「むろん、殖産《しょくさん》に励み、財政を豊かにすることが先決。しかし、それを待ってはおられぬ事情もございました」

「備蓄米は飢饉の折に領民たちの命を救うもの。それがわからぬそのほうではあるまい」

「飢饉が来る前に藩が潰れては元も子もございません」

「詭弁《きべん》でございますな」と、春之助が反論した。「幕閣への付け届けと言いながら、その大半がご自身の懐に入っていたのは明白」

「だまれ小童《こわっぱ》。おぬしに何がわかる?」

いきり立つ渕上を、資盛が手を上げて制した。

「領民の命は何よりも大事。それを理解しようとしない家臣を、余《よ》は必要とせぬ」

渕上を取り囲む側近たちの輪が狭《せば》まっていく。

ようやく観念した渕上は、彼らを睨みつけたまま立ち上がった。

「手出し無用。この渕上新衛門、逃げも隠れもせんわ」

春之助たちが見守るなか、渕上は後ろを振り返りもせず、憤然《ふんぜん》と謁見の間を出ていった。

二．弥生二十四日　那奈原

不思議なことが起きた。

渕上が姿を消したのと同時に、蔵前の姿も消えていたのだ。

周囲を見渡した資盛は、「仲輔はいずこじゃ？」と問うたが、誰も答えられない。

高杉が告げた。

「渕上が不審な動きをせぬよう、見張っているのかと存じます」

「その必要はない。早くここに戻るように伝えてまいれ」

蔵前を探すため、数人の側近たちが出ていった。

資盛は改めて高杉に向き直った。

「高杉……」

「はっ」

「そのほう、本当に腹を切るつもりであったのか？」

高杉はゆっくりと頷いた。

「僭越《せんえつ》ながら、この命に換えて藩の政治を正そうと思った次第」

「なんと……」

「蔵前に助けられましたが、殿の御前を血で汚そうとしたことは確か。どのような罰であれ、甘んじてお受けいたします」

資盛はゆっくりと首を振った。

「そのほうはまだ鯉口を切ってはおらぬ。殿中での抜刀にはあたらない」

「しかし、そうしようとしたことは確か」

資盛は溜息をついた。

「そのほうも頑固《がんこ》じゃな。もはや余に仕《つか》える気はないのか？」

「滅相もございませぬ」

「余は前々から、信頼できる家老はそのほうしかおらぬと思っておった」

「もったいなきお言葉」

「それを理解してくれるのであれば、余のそばにおり、これまで以上に励め。それが今回の所業に対する罰じゃ」

高杉は平伏すると、声を絞り出した。

「御意《ぎょい》のままに」

次に、資盛は春之助を手招きした。

「近う寄れ」

「はっ」

春之助は恐縮しながら前方ににじり寄った。

このような間近に主君の顔を見るのは初めてだ。

春之助とそう歳も違わない資盛は、まるで兄のような態度で話しかけた。

「そのほうの忠義、心を動かされたぞ」

「恐縮至極《しごく》にございます」

「まあ、そう硬くなるな」

「はっ」

そう言われると、ますます硬くなってしまう。

資盛は笑いながら続けた。

「さすがは高杉が見込んだだけのことはある。心根が爽《さわ》やかで芯の通った男とみた。亡くなられた父上の分も励み、余を助けてくれ」

「もったいなきお言葉。この命に換えて、お助けいたします」

資盛は満足そうに頷いた。

「では、早速《さつそく》で悪いが、すぐに江戸に戻り、この伊勢屋なる米問屋の訴状、及び〈お助け米〉の件について調べ、不正の全貌《ぜんぼう》を明らかにしてくれ。渕上の処分はそれから決めたい」

「承知いたしました」

その時、側近の一人が息を切らしながら戻ってきた。

「恐れながら、蔵前様はどこにも見当たりません。既に城を出られたのかと……」

「何だと？」資盛の顔が曇《くも》る。

春之助は少し考えてから言った。

「傷の治療に行かれたのではないでしょうか？」

死んだ蔵前が生き返るはずがない。あれは替え玉だ。そして、外見といい声といい、あれほど完璧《かんぺき》な替え玉を演じられるのは一人しか思い当たらない。恐らく、すでに変装を解いて、城の外にいるだろう。

「余に何も言わずにか？」

この話を長引かせるとややこしいことになる。早々にこの場から退散すべきと判断した春之助は、資盛に向かって声を上げた。

「では、これより江戸に戻り、渕上の不正の全貌を解明いたします」

資盛は釈然《しやくぜん》としない表情のまま頷いた。

「頼むぞ」


小姓に先導されて謁見の間を出ていく資盛。

平伏して見送った高杉は顔を上げ、春之助に笑みを向けた。

「蔵前のおかげで命拾いをした」

「私の代わりにお腹を召されようとされたこと、何と御礼を申し上げて良いかわかりませぬ。私は高杉様のことを見あやまっておりました」

高杉は声を上げて笑った。

「なにも、おぬしを庇《かば》ってやったことではない。実は、私も前々から渕上に不正の動きありと睨んでいた。だが、その決定的な証拠が握れず、動けなかった」

「そうだったのですか……」

「田之上の直訴状を渡されたときは、正直、驚いた。おぬしは、証拠はすぐに届くと言ったが、恐らく間に合わないだろうと思った」

「では、なぜ私を？」

「この機を逃すと渕上の力を削《そ》ぐ機会は二度と来ないと思ったからだ。そのため、江戸から瓦版が届いたことを幸い、おぬしを殿の御前に召し出すことを提案した」

「そうなのですか……。ですが、まさか渕上が私を取り込む画策《かくさく》をするとは、驚きました」

「それは承知の上であった」

「私が保身を図《はか》り、渕上の画策に乗ることも考えられたのでは？」

高杉は微笑《ほほえ》んだ。

「初めて登城したおぬしに声をかけた時、こちらを見上げた瞳は湖のように澄《す》んでいた。それに賭けたまで」

春之助は驚いた。なんと、高杉も春之助も、あの廊下での一瞬の出来事に賭けていたのだ。

高杉の高潔な人格に触れた春之助は、しばし悩んだ末、これまでのことを全て伝えることにした。

話を聞き終えた高杉は目を丸くした。

「なんと……。では、先ほど現われた蔵前は？」

「替え玉です」

高杉は掌《てのひら》で顎《あご》をゆっくりと撫《な》ぜた。

「田之上も思い切ったことをしたものよ……」

「当初は私も半信半疑でした。しかし、その慎三という男、約束を違《たが》えることはいたしませんでした」

「もしや、あの蔵前が慎三？」

「恐らくは」

「町人が武士に変装し、那奈原藩主の面前までやってきたと申すか？」

「それを知っているのは、高杉様と拙者の二人のみ。どうか、お見逃しくださ い」

高杉は苦々しい表情で考えていたが、やがて頷いた。

「承知した。だが、今後は殿の身辺警護をさらに厳重にする必要があるな」

「はい」

「しかし、殿も、あの場に居合わせた者たちも、蔵前が生きていると信じたぞ」

春之助は少し考え、進言した。

「殿との謁見の後、渕上の放った刺客との戦いで負った傷が急に悪化して身罷《みまか》られたということにしてはいかがでしょう？」

「なるほど……」

「殿を陥れようとした逆臣と戦った蔵前様は、馬廻《うままわ》り役としての務めを立派に果たされました。ご褒賞《ほうしょう》を検討いただければ幸いです」

高杉は、この一見頼りなげな若者が、胆力《たんりょく》だけでなく、頭の回転の速さも兼ね備えていることを知り、ますます気に入った。

「わかった。蔵前の生還をあれほど喜ばれた殿のことを思うと心が痛むが、仕方がない。そこは上手く言《い》い繕《つくろ》おう。おぬしも、江戸での仕事が終わったら速《すみ》やかに帰国し、私を助けてくれ。頼りにしておるぞ」

主席家老になるかもしれない高杉からの直々《じきじき》の依頼に、春之助は恐縮しながら頭を下げた。

「微力ながら、誠心誠意お尽くしいたします」

勘定方の御用部屋に戻るや、春之助は腰が抜けたように座り込んだ。

死を覚悟して乗り込んだ場所から無事生還し、緊張が一気に解けると同時に、今になって自分の無鉄砲さが恐ろしくなってきたのだ。気がつくと、背中は冷や汗でぐっしょりと濡《ぬ》れていた。

惚《ほう》けたように座り込んでいる春之助を見た同僚たちは、切腹でも申しつけられたのではないかと思い、顔を伏せながら、目だけは上に向けていた。

しばらくして、春之助はようやく立ち上がった。

江戸への旅支度《たびじたく》を調えるため、一旦、家に戻らなければならない。

――すわ、切腹か……？

様子を窺《うかが》っていた同僚たちはごくりと唾《つば》を飲みこんだ。

だが、春之助は袴の皺《しわ》を両手で叩いて伸ばし、勘定方の面々に笑顔で挨拶を済ませると、しっかりした足取りで御用部屋を出ていった。

勘定方の一人が呟《つぶや》いた。

「なんだ、切腹ではなかったのか……」


城からの帰路、春之助は店の立ち並ぶ通りに出た。

ここを抜けるのが武家屋敷への近道だ。

歩いていると、路傍《ろぼう》に見たことのある顔の男が立っていた。町人姿だが、那奈原の者にしては垢《あか》ぬけている。

果たして、それは慎三だった。

「やはり、おぬしであったか」

近づいていくと、慎三はにやりと笑った。

「腹を据えて頑張られましたね。ご立派でした」

春之助は頭を下げた。

「おぬしが来てくれなければ、家老の高杉様が腹を切るところであった。助かった」

「所詮《しょせん》はお武家同士の権力争い。どなたがお腹を召されようが、関係ありません」

春之助は眉をひそめた。「またそのような言い方を……」

「だが、依頼主に死なれるのはまずい」

「それで、自らここまで来てくれたのか？」

「まあ、そういうことにしておきましょう」

慎三は春之助を促《うなが》し、一緒に歩き始めた。

「実を言うと、私が自らここに来たのは、あの直訴状が発端《ほったん》です」

「どういうことだ？」

「鴻巣宿からの帰路、田之上様は春之助様を死なすわけにはいかないとおっしゃり、自分が切腹すれば済むよう、あの直訴状をお書きになりました。そうまでされては、こちらとしては、意地でもお二人を救うしかない」

「その心根、痛み入る」

「いや、勘違いしないでください。田之上様が切腹となれば、直訴状を運んだ春之助様もご無事では済まないでしょう。お二人とも死なれては金が払ってもらえない」

どこまでも金に汚い奴……と言い返しそうになったが、それが本意ではないことがわかっている春之助は言葉を呑み込み、話題を変えた。

「ところで、伊勢屋の訴状だが……、あれは本物なのか？」

「なぜ、そう思われるのですか？」

「おぬしは蔵前に変装し、ここまで早籠《はやかご》か馬で駆けつけたのであろう？　だが、たとえそうだとしても、江戸からここまで三日はかかる。ということは、江戸を発《た》ったのは二十一日の深夜か、遅くとも二十二日の早朝。一方、田之上殿とおぬしが鴻巣宿から江戸に戻ったのは十九日。江戸での滞在日数はわずか二、三日だ。その間に本物の訴状まで入手できたとは考え難《にく》い」

笑みを浮かべて頷く慎三。

「さすがは春之助様。察しがいい」

「おい、冗談ではないぞ」

慎三は真顔に戻った。

「江戸の仲間に〈筆屋の文七〉って男がいましてね。こいつの特技は他人の筆跡をそっくり真似ることなんです」

「ということは、やはり偽物なのか?」

「いいえ、今では本物になっています」

春之助は首を傾げた。

「どういう意味だ?」

「事実が嘘に追いついたということです」

「さっぱりわからぬ」

「あたしが持参したのは、文七が起案し、伊勢屋の主人、源治郎の筆跡を真似て書いたものですが、その翌日には田之上様が源治郎をそそのかし、同じ文面の訴状を本人に書かせました」

「同じ内容、同じ筆跡の訴状が二通できたということか?」

「そのとおりです。文七の偽文作りは神業《かみわざ》に近い。たとえ本人が見ても、どちらが本物かわからねえでしょう」

「なぜ、そのような手の込んだことを？」

「急がないと春之助様のお命が危ねえって、田之上様が大騒ぎなさるんでね。あたしが江戸を発つ二十二日の早朝までに訴状を手に入れる方法を、知恵を絞って考えたんです。その結果、本物を手に入れる時間がないのなら、まず偽物を作り、それから本物を作れば良いということになった次第で……」

意表を突いた慎三の発想に、春之助は感嘆《かんたん》の声を上げた。

「なるほど……。だが、本物を見ながら筆跡を真似るのならまだしも、今回は偽物の方が先に書かれている。一体どうやって真似たのだ？」

「仲間の一人が伊勢屋から拝借した帳簿や証文類から、源治郎の筆の癖を会得《えとく》したってわけで」

「なんと……」

「まあ、伊勢屋の源治郎にしてみれば、自分の書いた訴状が、なぜだか知らないが、こんなにも早く那奈原藩主に届けられたってことになります」

「しかし、なぜ、おぬし自身が来たのだ？　早飛脚で送るという話ではなかった

「伊勢屋の訴状なしでは、春之助様は確実に窮地《きゅうち》に立たされる。早飛脚で送った訴状がお城のなかで右へ左へと取り次がれている間にも切腹ということになりかねない」

「だから蔵前殿に変装して城に乗り込んできたと?」

「田之上様から、蔵前様はお殿様の大のお気に入りだったと聞きました。蔵前様に変装すれば、多少強引にでも、訴状を渡せると思いました」

「なるほどな……。だが、私が蔵前殿の変装のまま登城していることも考えられたのでは? そこへおぬしが現われたら、蔵前殿が二人になってしまったぞ」

「いえ、それはなかったと思います」

「なぜ?」

「途中で会った〈韋駄天の庄治〉に聞きましたが、敵との戦いで顔を摑《つか》まれ、化粧が剝《は》げたとか」

「左様」

「その時、肌を傷《いた》めましたか?」

「いや、特には……」と言ったところで、春之助ははっと気が付いた。

慎三はゆっくりと頷き返す。

「そう。肌を傷めなかったのは、糊が緩んでいたからです」

「ということは、敵に顔を摑まれなくとも、化粧はいずれ取れていたということか？」

「ええ。化粧はぎりぎり保《も》ってもお城に着くまで。それは最初からわかっていました」

「それを見越していたというのか……？」

慎三は鬢《びん》のあたりを掻《か》いた。

「まあ、春之助様を蔵前様の替え玉にした時点で、こうなることは予想されていたってことです」

「そういうことか……」

春之助は啞然《あぜん》とした。将来起こる事象の次の次まで読んで行動するとは、なんと恐ろしい男だ。

「他にもお伝えすべきことはいろいろありますが、早く発たないと日が暮れちまう。詳しくは江戸でお話しします。ここは一旦、お別れしましょう」

「共に江戸へ帰れば良いではないか」

「春之助様は武士、あたしは町人。旅は道連れというわけにはいきません。それに、少し立ち寄る先もありますので」

「そうか……。では無理強《むりじ》いはせぬ。江戸で会うことを楽しみにしている」

三　弥生二十四日　江戸　両国

宗次に抱きかかえられるようにして玉屋から伊勢屋に戻った源治郎は、翌日の二十四日になっても奥の部屋に引《ひ》き籠《こ》もり、出てこなかった。

日も高くなった頃、伊勢屋をふらりと訪ねてきた短軀《たんく》の男がいた。

ごつい顔つきは賭場《とば》の元締めを思わせるが、これでもれっきとした南町奉行所の同心だ。名を伊沢八兵衛《いざわはちべえ》という。

驚いた番頭の宗次が駆け寄ってきた。

「これは伊沢様。どうなさったのですか?」

伊沢はにやりと口元を上げた。

「用がなきゃ来ちゃいけねえのかい?」

この八兵衛、鋭い勘と機敏《きびん》な身のこなし、そして驚異的な粘り腰で次々と事件を解決し、悪人にとっては鬼より怖い存在だ。だが、その素行《そこう》には少々難があった。酒癖や女癖が悪いわけではない。俗に言う、〈地獄の沙汰《さた》も金次第〉というやつだ。

口の悪い連中は、八兵衛ならぬ〈銭兵衛《ぜにべえ》〉と呼んでいる。

「いえいえ、とんでもございません。ですが、生憎《あいにく》、主人の源治郎は体調を壊して奥で休んでおりまして」

「時間はかけねえ。ちょっと邪魔するぜ」

「ちょっと、伊沢様！」

宗次の制止を振り切って草履《ぞうり》を脱ぎ、店に上がり込んだ伊沢は、どんどん廊下を進んでいった。

奥の居間の障子をがらりと開けると、呆然《ぼうぜん》と座っていた源治郎が驚いて顔を上げた。

「伊沢様！」

「邪魔するぜ」

勝手に居間に入った八兵衛は、源治郎の前にどかりと座り込んだ。

慌てて居住まいを正した源治郎が恐る恐る訊いた。

「手前どもに何か粗相《そそう》でもございましたでしょうか？」

「実は、先日、奉行所に妙なものが届けられてな」

八兵衛は懐から出した帳簿を畳の上に置き、開いて見せた。

それを見た源治郎の顔色がすっと変わった。金庫に保管しているはずの裏帳簿だ。癖のある右上がりの数字は確かに自分の筆跡だ。

――なぜこれが……？

震えを隠すため、体にぐっと力を入れると、無理に笑顔を作った。

「この帳簿は？」

「それを訊きにきたんだよ。届けられたからには調べなきゃならねえが、店の名前も入ってねえし、途方《とほう》に暮れているのさ」

どうやら、源治郎のものだとは特定できていないらしい。

「はて……」源治郎は困ったような顔をし、「番頭の宗次に訊いてきますので、少々お待ちください」と言って居間を出ると、急いで奥の自室に戻って金庫を開けた。

裏帳簿は確かに入っている。だとすると、あの帳簿は何だ？

金庫を閉めて居間に戻ると、八兵衛は煙管《キセル》を燻《くゆ》らせながら待っていた。

「風邪《かぜ》を引いたみてえだ。喉が痛えや。声もがらがらになっちまったが、煙草《たばこ》だけは止められなくてよ」

「そういえば、お声が少し違うような……」

「そうかい？」と言った八兵衛は、射貫《いぬ》くような視線を向けた。「で、どうだった？」

「それが、番頭の宗次も見当が付かないと申しておりまして……。他の店の帳簿なのではありませんか？」

「ほう……」

八兵衛は一通の書状を懐から抜き、差し出した。

それを開いた源治郎の顔からみるみる血の気が引いていく。

それは、源治郎が那奈原資盛宛に書いた訴状だった。

「なぜ、これが……」

「帳簿の持ち主を探していたところ、今朝になって、こいつが奉行所に届けられてな」

八兵衛は、源治郎の手から訴状を取り上げると、畳の上の帳簿と並べて置いた。

「訴状と帳簿、筆跡が似ているんだよなあ」

その瞬間、体から全ての力が抜け、まるで軟体《なんたい》動物のようになってしまった源治郎は、だらしなく体を曲げて畳に手を突いた。

「やっぱり、この帳簿はあんたのもんかい？」

何がどうなっているのかわからない。

頭のなかが真っ白のまま、源治郎は力なく頷いた。

にやりと笑った八兵衛は、燻らしていた煙管をトンと灰吹きに叩きつけた。

「この帳簿には、那奈原藩をはじめとする諸藩から横流しされた米を買い取り、売り捌《さば》いた記録が載っている。儲けは各藩の協力者と分け合っていたようだな」

源治郎は答えない。答える気力もない。

八兵衛は続けた。

「自ら盗みを働いたわけじゃねえが、共犯の罪は免《まぬが》れねえ。お白洲《しらす》での裁きは厳しいものになるだろうな」

観念した源治郎はぎゅっと目を閉じた。

――これで全てが終わった……。

今にもお縄をかけられると覚悟したが、いつまでたってもそうならない。

恐る恐る目を開けると、八兵衛はのんびりとした様子で、煙管に新しい煙草を詰めていた。

——どういうことだ……？

少しずつ頭の回転が戻ってきた源治郎は、この状況の意味するところを考えた。

そして思い出した。そうだ。八兵衛の別名は〈銭兵衛〉。

——そういうことか……。

源治郎はいきなり両手をつき、深々と頭を下げた。

「伊沢様のご慧眼《けいがん》、感服いたしました。申し開きの余地もございません。ただ、私はこの伊勢屋の主人。私がいなくなっては、店は立ちゆかず、店の者たちが路頭に迷ってしまいます」

顔を上げ、必死の形相で八兵衛を見据える。

「この帳簿と訴状、買い取らせていただくわけにはいきませんでしょうか？」

煙管を燻らせながら聞いていた八兵衛は、しばらく天井を見つめていたが、やがて視線を源治郎に戻した。

「何か勘違いしちゃいねえかい？」

「え？」

「この状況をうやむやにしたまま、なかったことにしろって言うのかい？」

「いえ、決してそのような……」

源治郎は慌てて手を振った。

――話が違うではないか……！

〈銭兵衛〉の呼び名どおり、金が目当てだったのではないのか？

だからこそ、あのような思わせぶりな態度を取ったのではないのか？

「だが」と、八兵衛は声を和《やわ》らげた。「帳簿の取引をなかったことにするというなら、話は別だ」

源治郎は眉をひそめた。

「申し訳ございません。仰っていることの意味がわかりかねますが……」

八兵衛は帳簿を指した。

「こいつに反対の記帳をすれば取引はなかったことになる。そうだろう？」

「それはその……、実際に反対の取引をしろということでしょうか？」

「取引なしじゃ、記帳もできないだろう？」

ようやく納得《なっとく》がいった。要は、各藩に米を返せと言っているのだ。

「御破算になった帳簿にゃ用はねえ。買い取りたきゃ、二十両で売ってやるよ」

それでも二十両取るというところが〈銭兵衛〉らしいが、問題はそこではない。二十両程度の金ならなんとかなる。だが、各藩に米を返すとなると、大損を抱えるだけでなく、いきなり米を返された各藩からの追及を受けることになる。

それを説明すると、八兵衛はいとも簡単に答えた。

「日頃のご恩顧《おんこ》へのお礼として寄贈するとでも言えば済むことだろう？」

「しかし、各藩から買い取った米の一部は既に売り払っていますし、すぐに返せる米は……」

「仲買人《なかがいにん》の玉屋伊兵衛を介して、二百石の米を仕入れたばかりじゃねえのかい？」

源治郎は目を丸くした。この男、何処《どこ》まで知っている？

「どうしてそんなことまで」

「この帳簿に関していろいろ聞き回っているうちに、玉屋に行き着いてな。伊兵衛の奴、守秘義務があるとかで、客との取引の内容は明かせないと抜かしやがったが、じゃあお白洲で話しなと脅《おど》したら、渋々白状したぜ」

源治郎は、再びへなへなと畳に手を突いた。

これでは、まるで蜘蛛の巣に搦《から》め取られた蝶《ちょう》だ。もがけばもがくほど糸が絡みつく。

香月には米の代わりに籾殻を掴まされ、玉屋から高値で買い取った米は一日にして不良在庫と化した。そのうえ、これまでの裏取引で買い取った米を全て諸藩に返せというのだ。一体、どれほどの損失になるのか……。

途方に暮れた源治郎は思わず天を仰《あお》いだ。


反対取引は必ず行うとの言質《げんち》を源治郎から取り、おまけに二十両を受け取った八兵衛は、もう用はないとばかりに伊勢屋を後にした。

それを待っていたかのように、脇の小道から〈筆屋の文七〉が出てきた。

歩いている八兵衛にさりげなく寄り添うと、「首尾《しゅび》はどうでした？」と訊いた。

「うまくいったぜ」

「それは良かった」

「だがよ、いくら顔つきや体格が似ているからといって、盗人《ぬすっと》の俺を奉行所の同心の替え玉に使うってのは、慎三も無茶をするぜ」

話しているうち、声は徐々に〈丑三つの辰吉〉のものに戻っていった。

「上出来ですよ。辰吉さんが八兵衛と似ているってのは、私も前々から思っていたことです」

「俺が、あんな潰れた顔の男とか？　冗談はよしてくれよ」

「伊勢屋の主人を騙しおおせたのですから。似ているってことですよ」

苦笑した辰吉は、懐から二十両を取り出して見せた。

「帳簿は買い取らせたぜ。訴状は目の前で破り捨てさせた」

「抜かりはありませんね」

「あたりまえだ。誰かさんが、仕事だけはきっちりやれって言っていたからな」

「憶えていたのですか？」

「当然さ。おまえさんのことは相変わらず気に食わねえが、仕事は別だ。お互い、自分の技量を慎三に売っているわけだからな」

「おっしゃるとおり。それは私も一緒です」文七は笑いながら頷いた。「ところで、伊勢屋の奴、言われたとおりに米を返しますかね？」

「各藩に潜り込んだ幕府の隠密《おんみつ》が目を光らせているので、約束を実行したかどうかはすぐにわかると脅しておいた」

「さすがは辰吉さんだ。これでお咲さんの願いが叶い、那奈原藩に米が戻りますね」

「江戸の分はな。だが、天下の米どころは大坂だ。那奈原藩の大坂蔵屋敷から流された米の量は江戸の比じゃねえだろう。田之上の旦那の本当の戦いはこれからだろうな」

「そうですね」

「それにしても、慎三はどこに行ったんだ？　そもそも、二日も前に俺に化粧をする必要があったのか？　おかげで顔がばりばりに強張っちまったぜ」

「それは私にもわかりません」

「腰巾着《こしぎんちゃく》のように慎三にくっついている文さんにもかい？」

文七は頰を膨らませた。

「慎三さんの行動が謎《なぞ》なのは、今に始まったことじゃありません。わからないものはわかりませんよ」

その時、前を見た辰吉は、「おっと」と言って文七を止めた。

十手を持った侍《さむらい》が歩いてくる。

肩で風を切って歩く姿から、遠目からも伊沢八兵衛だとわかる。

「まずい。本物が来やがった。口げんかは一旦止めて、ずらかるぜ」

二人は路地に逃げ込むと、煙のように姿を消した。

一方、伊勢屋では、江戸の三か所にある米蔵を調べて戻ってきた丁稚《でっち》の話を聞いた番頭の宗次が、真っ青な顔で源治郎の居間に飛び込んできた。

「旦那様！」

壁に身をよりかからせ、かろうじて座っていた源治郎は、虚《うつ》ろな目で宗次を見上げた。

「何だ……？」

「やられました……」

「何を？」

「築地の蔵の米俵の中身もすり替えられています」

「まさか、籾殻に？」

「築地だけではありません。すべての米蔵がやられています……」

「なんだって？」

「不思議なのは、中身がすり替えられているのは、諸藩から買い取った横流し米だけなのです」

源治郎は震える声で訊いた。

「その数は？」

「ざっと三百俵。両国の蔵ですり替えられた三百俵と合わせて六百俵です」

「六百俵？」

「ええ。偶然かもしれませんが、玉屋の入れ札で買い取った五百俵に似た数です」

その推測は当たっていた。

慎三は、伊勢屋の蔵から盗み出した六百俵のうち百俵を〈お救い米〉の炊き出しと手伝ってくれた人々への謝礼に充《あ》て、残りの五百俵を文七に売り捌かせたのだ。

――まさか……。

宗次は泣きそうな声で続けた。

「玉屋の伊兵衛にまんまと嵌《は》められたのではないでしょうか？」

もしもそうだとしても、その証拠はどこにもない。伊兵衛を問い詰めたところで、米の売り主を開示することはないだろう。さらに不気味なのは、裏帳簿や訴状が奉行所に届けられたことだ。何か、裏に得体の知れない者たちが存在している気がする。

源治郎の背中を悪寒が走り抜けた。

「入れ札で買い取った五百俵の米は？」

「米蔵に搬入されました」

「では、それを使って、那奈原藩と諸藩に米を返しなさい」

「あんな高値で買い取った米を、無料《ただ》で返すのですか？」

そうしなければ俺はお縄になるのだ、と喉まで出かかったが、それは言えない。

だが、勘のいい宗次は、声を低くして訊いた。

「もしかして、先程、南町奉行所の伊沢様がいらっしゃったのは……」

源治郎は頷いた。

「横流しされた米を返せば御咎《おとが》めなしということになった」

「本当ですか？」

「だから、言われたとおりにするんだ」

「米を返す理由は？」

「日頃のご恩顧に対する御礼としなさい」

詳細はよくわからない。だが、とにかくお縄になることだけは御免《ごめん》だ。

頷いた宗次は、すぐに居間を出ていった。

四．弥生二十八日　江戸　芝

早駕籠を乗り継いで那奈原藩江戸屋敷に戻った春之助は、塀《へい》の廻りを取り囲む人々を見て驚いた。

〈お助け米〉で一躍《いちやく》有名になった那奈原藩の人気はまだ衰《おとろ》えていないようだ。

藩邸に入ると、早速、田之上のいる勘定方の御用部屋に入った。

「おお、春之助。よく無事に戻った」

破顔した田之上は、春之助の肩を大きな掌で叩いた。

「驚きました。すごい人だかりですね」

「これでも減ったほうだ。火事の翌日なぞ、藩邸内になだれ込む勢いだったぞ」

国元での出来事は、春之助が文《ふみ》にして早飛脚で江戸に送っていたため、田之上は大まかな事情は把握《はあく》している。

「しかし、あの高杉様がそこまでして下さったとは、驚きだな」

「ええ。高杉様は決して日和見《ひよりみ》などではありませんでした。下手《へた》に動いて渕上に潰されることを警戒し、時を待たれていたのだと思います」

田之上は頷いた。

「これからは高杉様を中心に、藩政を改革していかなくてはならぬな」

春之助は笑みを返すと、声を一段下げた。

「ところで、今回の炊き出しに使った〈お助け米〉ですが、田之上様のご指示で米蔵から出したのですか？」

田之上は首を振った。

「では、どこから？」

「慎三を問い詰めたが、ただ、御礼ですと言うだけなのだ」

「我々の知らないところで、伊勢屋相手に相当儲けたということでしょうか？」

「それはわからんな」

その時、部屋の外から声がした。

「米問屋の伊勢屋から田之上様宛に書状が届いています」

田之上は春之助と顔を見合わせると、声を上げた。

「見せろ」

若い藩士から受け取った書状を開いた田之上は、思わず唸り声を上げた。

「伊勢屋は訴状を取り下げるそうだ」

「え？」

「それだけではない。日頃の恩顧に対する御礼として、米を寄贈したいとも書かれてある。その数は四百俵」

「今回の分も含め、これまで江戸で横流しされた米と同じ量ですね」

田之上は頷いた。

「米は既に那奈原に向けて発送されたらしい。その旨《むね》、国元へ連絡して欲しいそうだ」

「一体、どういう風の吹き回しなのでしょう？」

「それはこっちが訊きたい。俺が慎三から受けた指示といえば、藩邸に乗り込んでくる伊勢屋の主人に訴状を書かせることだけだった」

春之助が慎三から聞いた話と合致している。

だが、慎三は、伊勢屋が米を返すとまでは言っていなかった。

考え込んでいる春之助を田之上が「では、そろそろ行くか」と促した。

「どちらへ？」

「慎三の店だ。おまえが戻ったら連れてくるよう言われている。今回の件につき、詳しく教えてくれるらしい」

「慎三殿は、もう江戸に戻っているのですか？」

「連れてこいと言うからには、そうなのだろう」

「ですが、この埃《ほこり》だらけの恰好《かっこう》ではあまりに無礼。着替える時間をいただけませんか？」

「承知した。では四半刻《しはんとき》後に出発しよう」

春之助が退出すると、田之上も一旦、長屋に戻った。

江戸詰めの藩士の住む長屋は江戸屋敷を取り囲むように建てられており、決して広くはないが、妻子を国元に残しての一人住まいには十分だ。

台所と兼用の入り口の土間で草履を脱ぎ、部屋に上がった田之上は、床《とこ》の間《ま》に向かって正座した。そこに置かれた刀掛けには、鴻巣宿で蔵前を埋葬《まいそう》した時に持ち帰った形見の刀が掛けてある。親族に返すまでの間、田之上が預かっているのだ。

刀は加州《かしゅう》清光《きよみつ》。それも、六代目長兵衛《ちょうべえ》清光作の業物《わざもの》だ。

長兵衛清光の別名は「乞食《こじき》清光」。加賀藩四代藩主、前田《まえだ》綱紀《つなのり》が寛文《かんぶん》の飢饉の折に建てた窮民《きゅうみん》保護施設に入って刀を打ち続けたことから付いた名だ。

直刃《すぐは》に近い刃文《はもん》に小互《こぐ》の目《め》（小豆を並べたような小さな文様）が浮いた刀身の美しさに惚《ほ》れ込んだ蔵前は、有り金叩《はた》いてこの刀を手に入れ、まるで自分の分身のように大切にしていた。

田之上は、その遺品の刀に向かって語りかけた。

「一人で先に逝《い》きおって……。貴様、勝手すぎるぞ」

刀は答えるわけもなく、部屋の中を静寂《せいじゃく》だけが通り過ぎる。

田之上は続けた。

「だが、おぬしの死は決して無駄ではないぞ。その証拠に、あの頼りなげだった春之助を見よ。今回の大役を果たし、見違えるように逞《たくま》しくなりおった。これからは春之助のような若者が藩を支えていくのだ」

話しているうちに涙が出てきた。だが、どうせこの部屋には誰もいない。流れるがままで良いだろう。

「若い資盛様を残していくのは心残りだろうが、なに、心配はいらぬ。おぬしの薫陶《くんとう》を受けただけあり、物事の本質を見抜く力は本物だ。あの方なら大丈夫。我らは良き主君に恵まれたぞ」

しばらくすると、外から田之上の名を呼ぶ声がした。

春之助だ。長屋から戻ってこない田之上を心配して呼びにきたらしい。

「今行く」と声を上げた田之上は、袖で涙を拭《ぬぐ》い、刀に向かって手を合わせた。

「では伸輔、しばし留守にするぞ。慎三の奴がどのようにして米の横流しの証拠を掴んだのか、その種明かしを聞くのが楽しみだわい」


慎三は江戸に戻っていた。

店には慎三以外に〈筆屋の文七〉と〈丑三つの辰吉〉が顔を揃《そろ》えている。

紹介を受けた春之助は、髪結い床には不似合いな面々に違和感を覚えながらも、神妙に頭を下げた。

「この度《たび》はいろいろとお世話になりました。礼を言います」

「新之丞はご一緒ではなかったのですか？」と文七が訊いた。

慎三も江戸に戻ってきたばかりらしく、詳しいことは聞いていないようだ。

「手傷を負われまして、私の実家で療養していただいています」

「新さんがやられたのかい？」と、辰吉が素《す》っ頓狂《とんきょう》な声を上げた。

「命には別条はありません。戦った相手は蔵前殿と双璧《そうへき》と呼ばれた剣客でした。

一方の新之丞殿は右手がほとんど使えない状態でしたので……」

文七が唸った。

「また、あれが出てしまいましたか。なかなか治りませんね」

「那奈原には良い湯治場《とうじ》があります。そこでゆっくりすれば傷も癒《い》えるでしょう」

辰吉は笑みを浮かべた。

「そりゃいいや。俺も行きてえくらいだ」

その時、襖がすっと開き、女が茶を持って入ってきた。

お咲だ。

すっきりとした切れ長の目を向けられた春之助は、どぎまぎしながら茶を受け取り、頭を下げた。

「かたじけない」

それを横目に見ながら、田之上が言った。

「慎三殿、約束どおり春之助を連れてまいった。そろそろ種明かしをしては貰えぬか?」

辰吉たちの話を黙って聞いていた慎三は、膝を組み直し、煙草盆の灰吹きで煙管を叩いた。

「他言無用の誓《ちか》いをお守りいただけますか？」

田之上と春之助は目を見合わせ、ともに刀を立てて刃を少し出すと、一気に戻した。鍔《つば》がカチンと音をたてる。金打《きんちょう》だ。これを行った以上、武士は命を懸《か》けて誓いを守らなければならない。

「ようござんす」

慎三は頷くと、自らの立てた計略について話し始めた。

一．〈木の葉〉という店で出会ったお咲を仲間に入れ、横流しされた米がいつ、どこの米蔵に運び込まれるかを探る。

二．辰吉は、お咲の協力を得て、伊勢屋の金庫から裏帳簿と米蔵の鍵を持ち出す。

三．文七は裏帳簿の写しを作り、さらに、伊勢屋源治郎の筆跡で那奈原藩主宛の訴状を書く。

四．辰吉は伊勢屋の米蔵から米を盗みだし、替わりに籾殻入りの米俵を運び込む。その後、帳簿と米蔵の鍵は伊勢屋の金庫に戻す。

五．慎三は、辰吉を南町奉行所の同心、伊沢八兵衛そっくりに化粧し、自らは蔵前に化ける。そして、文七の書いた訴状を持って江戸を発ち、那奈原城を目指す。

六．田之上は、米が籾殻だったことに腹を立てて江戸屋敷に乗り込んできた源治郎をそそのかし、文七が書いたものと全く同じ文面の訴状を書かせ、藩主に渡すと偽って預かる。

七．南町奉行所の同心に変装した辰吉は、文七が作った裏帳簿と田之上が書かせた訴状を持って伊勢屋に乗り込み、お縄になりたくなければ、裏取引で得た米を全て返却しろと迫る。

話を聞き終わった春之助は思わず声を上げた。

「結果として、伊勢屋から米を二重にふんだくったというわけですか？」

慎三は頷いた。

「お礼として、我々の取り分の一部を〈お助け米〉の炊き出しに使わせていただきました」

「この仕事で稼いだ金は全て頂戴《ちょうだい》するとおぬしが言ったとき、拙者は稼げるものがあるのかと訊いたな」

「はい」

「その時、おぬしは、ないところから生み出すのも腕次第と答えたが、まさにそのとおりになったというわけだな？」

「よく憶えておいでで」

会話を聞いていたお咲が不安げに訊いた。

「なんだかよくわからないけど、結局、米は戻ってくるのかい？」

「大丈夫だ」田之上が頷いた。「伊勢屋はすでに国元に米を発送したそうだ」

「よかった！」と、お咲は嬉しそうに声を上げた。

事情を知らない春之助に、文七が説明した。

「このお咲さんは那奈原の出身で、伊勢屋に奉公していました」

「そうなのですか」

「お咲さんは、慎三さんの化粧で他人に変装して〈体制派〉の会合に忍び込み、重要な情報を流してくれました。また、辰吉さんが伊勢屋から米蔵の鍵や裏帳簿を拝借する手助けもしてくれたのです」

「それはすごい……」

お咲は首を振った。

「みなさんの働きに比べれば、どうってことはありません。それに、慎三さんに声をかけてもらえなければ、あたいは香月や下谷に騙され続けていたんです。馬鹿な女です」

「まあ、いいじゃねえか。今じゃ、こうやって仲間になったんだしよ」と、辰吉が慰《なぐさ》めた。

「仲間……？」

「そうじゃねえのかい？」

お咲は慎三を見た。

「あたいみたいな女を仲間にしてくれるのかい？」

慎三は頷いた。

「言っただろう？　おまえは生まれながら替え玉の素質を持っているってな」

「使い勝手がいいってこと？」

「慎三さんもじれったいな」と、文七が口を挟んだ。「そんな言い方をしないで、素直に仲間になって欲しいと言えばいいじゃないですか。今回の件は、お咲さんの協力なしでは成功しなかったんです。もう、立派な戦力ですよ」

慎三は笑って鼻をこすると、お咲に向き直った。

「おまえが嫌じゃなければ……な」

お咲の目が潤《うる》む。

すかさず辰吉が膝を叩いた。

「こいつはいいや。これまでは野郎ばかりだったからな。女っ気が入るのも悪くはねえ」

「仕事の幅も広がりますしね」と文七。

お咲が涙ぐむなか、文七は春之助のほうに向き直り、訊いた。

「伊勢屋は早晩《そうばん》潰れるでしょう。ですが、肝心の事件の首謀者はどうなるのですか？」

「次席家老の渕上のことですか？」

文七は頷いた。

「伊勢屋も悪いが、もっと悪いのは、その渕上という男では？」

「おっしゃるとおりです。渕上はすでに蟄居させられ、沙汰を待っています」

「処罰されるのでしょうか？」

「殿は若いが聡明《そうめい》なおかたです。公明正大な処罰を下されると信じています」

慎三はふっと笑った。

「まあ、所詮はお武家の世界の話。どんな処罰が下ろうと、俺たちにゃ関係ねえ」

春之助は頰を膨らませた。「またそのような言い方を……」

「だが、那奈原の領民が苦しまないようにするのは、田之上様や春之助様、あなたたちの仕事だ。しっかりやってくださいよ」

居住まいを正し、真剣に頷く田之上と春之助。

「さて、種明かしはここまでだ」と区切りをつけると、慎三は懐から勘定書き（＝請求書）を取り出した。「では、田之上様、精算に入りますか？」

手渡された勘定書を見た田之上の顔から笑顔が消えた。

「おぬしが蔵前に変装して那奈原に行った時の旅費まで入っているではないか」

「そうしなければ春之助様のお命が危なかったもんで」

「それはわかるが、この衣装代は何だ？」

「あたしは町人です。お侍の衣装なんか持っちゃいませんよ」

田之上と慎三の価格交渉は延々と続いた。

見かねた文七が春之助の袖をそっと引っ張り、盃《さかずき》を口に当てる仕草をした。

呑《の》みにいこうというのだ。

春之助、文七、辰吉とお咲の四人が清洲屋に入ると、お春が「いらっしゃい！」と威勢の良い声で迎えた。

見ると、その後ろにはお咲の奉公仲間のお志乃がいる。体調が悪いことを理由に伊勢屋から暇《いとま》を出して貰い、慎三の口利きで、新しくできる清洲屋の仕出し係で働くことになったのだ。

お咲は嬉しそうに頷くと、店の手伝いのために厨房《ちゆうぼう》に入っていった。

春之助、文七、辰吉の三人は奥の座敷に座り、ぬるめの燗《かん》で呑み始めた。

酒がほどよく回った頃、辰吉は、今回の件を手伝わせた者たちへの支払いがあるからと言って立ち上がり、店を出ていった。

二人で酒を酌《く》み交《か》わしながら、春之助は文七に言った。

「慎三殿への依頼は替え玉作りのはず。新之丞殿を用心棒として手配してくれたことには感謝していますが、正直、あなたたちが江戸でここまでの仕事をしてくれたとは知りませんでした。一体、どれだけの金額になるのか不安です」

文七は春之助の盃に酒を注《つ》ぐ。

「その点は心配ありません。春之助様が鴻巣宿をお発ちになった後、田之上様と慎三さんとの間で取り決めをされたと聞いています」

「取り決め？」

「不正の証拠探しは無料《ただ》で請け負う。そういう取り決めです」

「なんですと？　では、二人の間で延々と続いているのは？」

「替え玉の化粧代、及び経費の交渉です」

「そうでしたか。しかし、いくら伊勢屋から米を二重に巻き上げたとはいえ、無料とは……。私自身も命を救っていただきましたし、なんとお礼を申して良いかわかりません。あなたがたを紹介してくれた桔梗屋の惣兵衛殿にも感謝いたします」

文七は黙って微笑み返した。

他藩の横流し米まで盗み出し、玉屋伊兵衛を介して伊勢屋に高値で売りつけたくだりは説明から抜いてある。田之上と春之助には関係のないことであり、伝える必要もないからだ。

春之助は続けた。

「惣兵衛殿のことは私も良く知っていますが、今回の件で、慎三殿に対する信頼がことのほか厚いことに驚きました。いったい、二人の間にはどのような経緯《いきさつ》があったのですか?」

文七はしばらく考え、口を開いた。

「二人の付き合いは、三年ほど前、慎三さんが惣兵衛さんの弟さんの替え玉を作ったことに始まったと聞いています」

今では飛ぶ鳥も落とす勢いの惣兵衛だが、当時、大きな悩みを抱えていた。それは、家を出たきり行方《ゆくえ》のわからない弟の庄助《しょうすけ》と、その帰りを待ちわびる病身の母のことだった。

庄助は桔梗屋の主である父に無断で客に金を貸し、巨額の貸し倒れを作った挙句《あげく》、口論の末に家を飛び出した。心配した惣兵衛は八方手を尽くして行方を追ったが、手掛かりもないまま月日は過ぎ、その間、父は流行病《はやりやまい》で死んだ。母の病状も悪化する一方だった。

やっと手に入れた情報をもとに、惣兵衛が千住大橋《せんじゆおおはし》の袂《たもと》の番所に駆けつけた時、庄助はすでに虫の息だった。店の損失の穴埋めにしようと一攫千金《いっかく》を狙った博打《ばくち》でいかさまがばれ、逃げるところを刺されたという。駆け込んだ番所で惣兵衛の名前を出し、こうして再会できたと笑った庄助は、その腕の中で息を引き取った。

物兵衛は途方に暮れた。庄助が死んでしまっては母に会わせることも叶わない。

そんなとき、事情を汲《く》んだ友が、絶対に他言無用という条件で、〈替え玉屋〉という裏稼業をやっている男を紹介してくれた。名前は慎三。本人そっくりの化粧を施した替え玉を作るという。

藁《わら》をも摑む思いで面会の約束を取りつけた惣兵衛は、初対面の席でいきなり度《ど》肝《ぎも》を抜かれた。吉原の贔屓《ひいき》の女が女中として茶を運んできたのだ。慌てて袖を摑んだが、良く見ると、顔に巧妙な化粧の跡がある。ただの化粧ではない。厚めに塗った白粉《おしろい》の下では皮膚と皮膚が貼り合わされ、顔の造形が微妙に変わっているのだ。

驚きで目を見開いている惣兵衛に、慎三はこれが自分の化粧の腕だと言い、気に入らなければ引き取って欲しいと伝えた。

惣兵衛はその場で畳に頭を擦《こす》りつけた。母は病気で先が長くない。行方知れずの弟に会いたがっているが、当の弟は死んでしまった。替え玉でも良いので会わせ、安心させてから見送りたい。ちなみに、弟は今流行の歌舞伎《かぶき》役者の團十郎《だんじゆうろう》そっくりだ。

作りたての大福のような顔の惣兵衛の弟が團十郎そっくりというくだりに苦笑しながらも、必死で懇願《こんがん》する惣兵衛に根負けした慎三は、その依頼を引き受けた。

数日後、桔梗屋の店先は、突然姿を現わした團十郎そっくりの男に騒然となった。惣兵衛の母は涙を流して替え玉を抱きしめ、その二日後、安らかに旅立った。

「それ以来、惣兵衛さんは慎三さんに絶大な信頼を寄せ、髪結《かみゆ》いの客を次々と紹介してくれるようになりました。そして、ごくたまにですが、自分が保証人として責任を負える者に限り、裏稼業の客も連れてくるのです」

「なるほど。そういう経緯があったのですか」

「ご納得いただけましたか？」

「はい」

「では、今お話ししたことも含め、他言無用でお願いいたします」

春之助は先程金打した刀を持ち上げてみせた。

「武士に二言はありません。ですが、そのうえで、最後の質問をさせていただいても宜《よろ》しいですか？」

「なんでしょうか？」

「慎三殿は本当に町人ですか？」

「なぜ、そのような質問を？」

「那奈原の城で、家老の高杉が腹を切ろうとした時、蔵前に変装していた慎三殿が咄嗟《とっさ》に止めたのです。その動作は間違いなく居合の技でした。それも、かなりの手練《てだ》れと見た」

「ほう」

「それに、乗馬の腕も相当なものと思われる。そうでなければ、あの短期間で江戸から那奈原に着けるはずがない」

文七は盃を空けると、首を傾げた。

「申し訳ないが、私も慎三さんの出自は存じません。おそらく、本人に訊いてもわからないでしょう」

「なぜです？」

「本人にも幼少期の記憶がないからです」

「どういうことですか？」

「詳しいことは知りませんが、気がついたら大川の川辺《かわべ》に立っていたとか。十歳前後の頃らしいです。偶然通りかかったのが先代の髪結い床の親方だったと聞きました」

「それで髪結いに？」

「ええ。記憶をなくして彷徨《さまよ》っている子供を哀《あわ》れみ、奉行所に届け出た後、記憶が戻るまでということで預かったとのことです」

「川辺に立っていた時の慎三殿の出《い》で立《た》ちは？」

文七は首を振った。

「先代は数年前に亡くなりましたので、私は聞いていません。もしかすると、慎三さんにだけは伝えていたのかもしれませんが……」

「なるほど」

「ただ……」

「ただ、なんです？」

「もしかすると、記憶は蘇《よみがえ》り始めているのかもしれない」

「どうしてそう思われるのですか？」

「慎三さん、お武家様が嫌いでしょう？」

「かなり」

「最近、特にそうなのです。それに、金に煩《うるさ》い」

春之助は即座に頷いた。「かなり」

「私が出会った頃は、あれほどではありませんでした」

「急に金を集め始めたと？　何のために？」

文七は首を傾げた。

「わかりませんが、もしかすると、何か計画のようなものがあるのかもしれません」

「出自や、記憶を失ったことに関係のあることなのでしょうか？」

文七は再び首を傾げ、笑みを浮かべた。

「すべては私の推測です。金打までされた春之助様だからこそ、ここまでお話ししました。約束通り、明日になったらすべて忘れてください」

しばらく呑んでいると、慎三と田之上が清洲屋にやってきた。

「やっと終わりましたか」と文七が笑った。

慎三は苦笑いを返した。

「お武家様は吝《しわ》いや。やっぱり好きにはなれねえ」

「それはこちらの台詞《せりふ》だ」

そう言い返す田之上だったが、その表情は穏《おだ》やかだ。

用事を終えた辰吉も清洲屋に戻ってきた。

お春とお咲も厨房から顔を出す。

田之上は春之助に声をかけた。

「国元への報告が山積みだ。そろそろ帰るぞ」

春之助は立ち上がり、皆に向かって頭を下げた。

「我々がこの店を出たら契約は終了します。皆さんとは赤の他人に戻る約束です」

「ほう、よく憶えていなさる」と、慎三が茶化《ちゃか》した。

「慎三さんに言われたとおり、これからは那奈原の領民のために必死で働きます」

「春之助様、約束ですよ」と、お咲が小指を差し出した。

春之助はそれに自分の小指をしっかり絡めた。

「ああ、約束する」

田之上は慎三に向き直り、胸を張った。

「これから大坂における横流しの不正を暴き、藩の財政を立て直す。見ていてくれ」

皆が見送るなか、田之上と春之助は名残惜《なごりお》しそうに店を後にした。

「なんだか寂しくなりましたね」と文七。

慎三は笑った。

「世話の焼ける二人だったが、まあ、お武家にもいろいろあるってことはわかった。悪い連中ばかりでもないようだ……」

文七も頷いた。

「ああいう真《ま》っ直《す》ぐなお武家様ばかりなら、ご政道もちっとはましなのでしょうね」

三人はそのまま清洲屋で呑み、勘定を払って外に出た。

時期的には少し早いが、今夜は朧月夜《おぼろづきよ》のように月が霞《かす》んでいる。

寒さも緩み、酒で火照《ほて》った体にそよ風が心地《ここちよ》良い。

「もうすぐ桜の季節だな」と辰吉が呟いた。

「そうですね」と文七。

慎三も頷いた。

「今年の冬は寒かった分、これからの季節が楽しみだな」

「仕事で東海道を走っている庄治も、そろそろ江戸に戻って来るでしょう。その頃には桜も満開だ。皆で飛鳥山《あすかやま》にでも繰り出しましょうか？」

文七の提案に、辰吉が手を打った。

「そいつはいいや。新さんも一緒に行ければいいな」

弥生ももうすぐ終わる。

桜の開花を目前に控え、春の香りが漂う江戸であった。

終章

那奈原の湯治場《とうじ》の湯は熱かった。

我慢の限界を超えた新之丞は声を上げた。

「雪乃殿、もう出ても構わぬか？」

垣根《かきね》の外から「だめです」という声が返ってくる。「あと半刻は我慢なさいまし」

「半刻もか？　ゆだってしまうぞ」

春之助の姉の雪乃が、篠崎との戦いで手傷を負った新之丞を、半《なか》ば強引に那奈原近郊の湯治場に連れてきてから、すでに三日が経《た》っていた。

一度離縁されたとはいえ、雪乃は独り身の女性だ。それが男連れで、しかも泊まりがけで湯治場に来るなぞ、この田舎《いなか》では前代未聞《ぜんだいみもん》だ。だが、当の雪乃は、まったく気にする素振《そぶ》りも見せない。

死ぬ気で半刻《はんとき》を我慢し、腰に手ぬぐいを巻いて湯治場の待合小屋に入ると、待ちかまえていた雪乃が迫ってきた。

「傷を見せてください」

後ずさる新之丞。

「浴衣《ゆかた》を着るまで待ってくれ」

「待てません」

半裸状態の新之丞を壁際に追い詰めた雪乃は、傷の具合を確かめた。

「まだまだですね」

「昨日も同じことを言ったぞ」と新之丞は反論した。「右腕も動くようになった。そろそろ江戸に帰っても良いだろう」

雪乃が睨《にら》みつける。

――何なのだ……？

新之丞は鈍《にぶ》い。

動かぬ右腕をものともせず、身を賭《と》して春之助を守った男に釘付《くぎづ》けになった雪乃の視線、そして想いなぞ、わかろうはずもない。

溜息《ためいき》をついた雪乃は、薬草を塗り込んだ布を乱暴に傷口に貼り付けた。

「痛い！」

「ほらご覧なさい。まだ傷は癒《い》えてはいません」

「そちらの扱い方にも問題があるように思えるが……」

「弟の命の恩人の傷が完治するまでは、ここからお帰しする訳にはまいりません」

「しかし、そのほうは女の身。拙者《せっしゃ》のような、どこの馬の骨ともわからぬ男と一緒では、良からぬ噂《うわさ》が立つぞ」

　雪乃は顔を近づけた。

「では、責任を取って、この那奈原に残ってくださいますか？」

　魅惑《みわく》的な唇で囁《ささや》かれると、不覚ながら、心臓の鼓動が早くなる。

　――いかん……。

　思い切り首を振った新之丞は「湯あたりかな、頭がぼうっとする」と言って誤《ご》魔化《まか》した。

「そうですか……」

　ふっと溜息をついた雪乃は、思い出したように言った。

「そういえば、次席家老の渕上様が自宅でお腹を召されたそうです」

「ほう……。自ら始末を付けたか」

「また、資盛様は〈体制派〉の主だった者たちを一斉《いっせい》に処分されたようです。江戸における首領格だった香月多聞は切腹。その後任の下谷常晴は降格のうえ減俸《げんぽう》のお沙汰が下るとか」

「資盛様はお若いが、賢明《けんめい》なおかたらしいな」

「江戸における〈お救い米〉の一件では、近々、将軍様直々《じきじき》の感謝状を賜《たまわ》るとか。なんだか夢を見ているようです」

夢中に語る雪乃。

その美しい横顔に、新之丞は穏《おだ》やかな笑顔を向けた。

自分の気持ちに正直で、どのような相手にも真っ直ぐに向かい合う雪乃は、ある意味、弟の春之助にそっくりだ。だが、女性である分、割を食ってしまうのだろう。そう思うと、なぜか放っておけない気もする。

いっそこのまま、雪を被《かぶ》った山々を眺《なが》めながらゆっくりと湯に浸《つ》かっているのも悪くはない。どうせ、江戸に戻ったら、またあの人使いの荒い慎三にこき使われるのだ。

――せめて、あと数日はこの人と過ごすか……。

空には鳶《とび》が舞い、大きな円を描いている。
その蒼天《そうてん》に映える薄紅《うすべに》色の桜が咲き誇るのはまだまだ先のことだ。
視線を下ろすと、薬湯を塗った布を交換している雪乃が顔を上げ、にっこりと笑った。

解説――即断即決、遅滞《ちたい》なく決断力ある主人公の痛快劇

文芸評論家　細谷正充《ほそやまさみつ》

時代小説の解説で、いきなり何を言い出すのかと思われるだろうが、まずラーメンの話から始めたい。若い頃、外出先でラーメン屋に入ったとき、よく替え玉を頼んだ。ラーメンの麵《めん》だけを追加するサービスのことである。食欲旺盛《おうせい》だった十代後半から二十代にかけて、重宝《ちょうほう》したものだ。

その替え玉だが、おそらく語源は人物の入れ替わりを意味する〝替え玉〟だろう。今でも「替え玉受験」など、現役で使われている言葉である。尾崎章《おざきしょう》の文庫書下ろし時代小説『替え玉屋　慎三《しんぞう》』は、その替え玉を裏稼業《うらかぎょう》とする慎三と仲間たちの活躍を描いた、痛快エンターテインメントだ。なお作者は、別名義で経済小説や軍事小説を出したこともあるが、時代小説は本書が初めてだという。他ジャンルの作家が時代小説に乗り出すことはよくあるが、出来は玉石混淆《ぎょくせきこんこう》。こ

の作者はどうだろうと、期待と不安を抱《いだ》きながら読んでみたら、大いに驚いた。もっと早く時代小説を書いてほしかったと思ってしまうほどの、快作だったのだ。

信濃国《しなののくに》の四万石の小藩・那奈原《ななはら》藩は、〈体制派〉と〈改革派〉の暗闘によって揺れていた。〈体制派〉の首領である次席家老の渕上新衛門《ふちがみしんえもん》は、江戸の米問屋《こめどんや》「伊勢屋《いせや》」と組んで、藩の備蓄米《びちくまい》の横流しをしている。四年前の飢饉《ききん》により多くの領民を失ったことから始まった備蓄米で私腹を肥《こ》やすとは、言語道断《ごんごどうだん》の所業だ。江戸屋敷の馬廻《うままわ》り役で、藩主の信頼厚い蔵前伸輔《くらまえしんすけ》は、この事実を訴えるべく那奈原藩へ向かう。横流しの証拠はないが、なんとかなると信じてのことだ。しかし中山道《なかせんどう》を行く蔵前は、敵の罠《わな》に嵌《はま》り、斬《き》り殺されてしまうのだった。

一方、江戸にいる〈改革派〉の田之上内蔵助《たのうえくらのすけ》は、両替商「桔梗屋《ききょうや》」の主人の惣兵衛《そうべえ》を通じて、髪結《かみゆ》いの慎三を紹介される。対象の人物を、化粧を施《ほどこ》すことによって別人に成りすまさせる、替え玉屋という裏稼業をしている男だ。田之上の目論見《もくろみ》は、蔵前の偽物《にせもの》を作り出し、それを出没させて、〈体制派〉を撹乱《かくらん》することにあった。だが蔵前が殺されたことで予定を変更。久米春之助《くめはるのすけ》という若い藩士を、慎三の化粧により蔵前そっくりに変装させ、彼が生きているように見せかける。そして久米を那奈原藩に向かわせている間に、備蓄米横流しの証拠を掴《つか》もうというのだ。

この計画に乗った慎三は、独自の金儲《かねもう》けも画策《かくさく》。代筆屋をしている筆屋の文七《ぶんしち》や、元盗人《ぬすっと》の丑三《うしみ》つの辰吉《たつきち》を使い、「伊勢屋」が横流しをする現場を押さえようとする。また、中山道を行く久米のもとには、用心棒の久坂新之丞《くさかしんのじょう》と元飛脚《ひきゃく》の韋駄天《いだてん》の庄治《しょうじ》を派遣《はけん》。ふたつの場所で、それぞれの戦いが始まるのだった。

本書の魅力はたくさんあるが、そのひとつがスピーディーな展開だろう。剣の達人の蔵前伸輔が罠に嵌って斬り殺される場面から、ページを繰る手が止まらない。しかも、このときの〈体制派〉の刺客《しかく》の行動が、実に卑劣《ひれつ》である。善と悪の対立を最初から鮮明にすることで、すんなりと物語の世界に入っていけるのだ。

そんなハイ・ペースなストーリーは、慎三が出てきても変わらない。いや、拍車がかかったといっていいだろう。なぜなら慎三が、即断即決の人だからだ。頭の回転がよく、決断力のある慎三は、行動に遅滞がない。彼の仲間たちもそうだ。たとえば替え玉屋の知恵袋である文七は、横流しの引き継ぎに使われた〈夜久咲名葉之木〉という暗号を、一晩で解いてしまう。作者は読者をじらすことなく、新たな展開の連続により、興味を先へ先へと繋《つな》いでいくのである。

しかもこのスピード感は、チャンバラ・シーンにも当て嵌る。蔵前の替え玉になり、那奈原に向かう久米は、〈体制派〉の刺客に狙われる。まだ十九歳の久米春之助は、剣の腕はからっきし。ただ遠足《とおあし》（マラソン）は得意だ。慎三からは敵に襲われたら逃げろといわれている。だが三人の刺客に追われると、絶体絶命の窮地《きゅうち》に陥《おちい》るのだ。そこに駆けつけたのが、慎三の仲間の久坂新之丞である。このときの描写が素晴らしい。


「その時、思いもかけないことが起きた。

どこからともなく駆けつけた男がいきなり刺客たちに襲いかかったのだ。

異変に気づいた三人が振り返った時、その男は、上段に構えた二本の刀を木下《きのした》と榎本《えのもと》に向かって振り下ろしていた。

二人の目がこれ以上ないほど見開かれる。

そこに映った最後の光景は、迫りくる刀身の冷たい光だった。

ドンッという鈍《にぶ》い音とともに、二人の体から鮮血が噴き出す」


ふたりを斬り捨てた久坂は、さらに三人目に意外な攻撃を仕掛けるのだが、それは読んでのお楽しみ。一瞬のうちに三人を倒す久坂に痺《しび》れた。もちろんこの後も、チャンバラ・シーンはてんこ盛り。剣戟《けんげき》の響きを、存分に堪能《たんのう》できるのだ。

また最初は柔弱《にゆうじやく》だった久米が、一連の騒動の中で、しだいに武士として成長していく姿も、気持ちのいい読みどころになっている。那奈原藩にたどり着いたものの、横流しの証拠は未《いま》だ届かず。それでも意を決した久米は、命を賭《か》けて〈体制派〉の渕上と向き合う。お家騒動ものの定番である、藩主の前での対決がどうなるのか。ここでその人物が出てくるのかという驚きも含めて、読みごたえのある場面の連続であった。

おっと、那奈原藩の方の話題が長くなってしまった。一方の、慎三を中心とした江戸の話も面白《おもしろ》い。〈体制派〉に騙《だま》されていたお咲《さき》という娘（彼女の置かれていた立場が、悪党どもへの怒りをさらに掻《か》き立てる）を仲間に引き入れ、横流しの現場を確定する慎三。ここからが彼の凄《すご》いところで、横流しの証拠を手に入れると同時に、「伊勢屋」を徹底的にやっつけるため、複雑な策を弄《ろう》するのだ。横流しの方法自体、経済小説を書いていたという作者らしい細密なものだったが、慎三の策も同様である。経済を熟知した作者ならではの痛快な展開に、スカッとした気分になってしまうのだ。

さらに以上のストーリーを通じて、慎三と替え玉屋の面々の魅力が、強烈に迫ってくる。筆屋の文七・丑三つの辰吉・久坂新之丞。彼らはそれぞれ、まだケリのついていない、重い過去を背負っている。物語の流れの中で、その過去が巧《たく》みに披露《ひろう》されていく。韋駄天の庄治の過去は分からないが、きっと何かあるはずだ。一癖も二癖もある男たちがチームを組み、困難なミッションに挑む姿が、たまらなく恰好《かっこう》いいのである。

そして肝心《かんじん》の慎三だが、彼にも何やら過去があるらしい。武士を嫌うことや、金にこだわることも、過去に繋がっているようだ。しかし本書では、はっきりしたことは明かされていない。彼の正体が気になってならない。とにかく続きが楽しみなのである。

それにしてもだ。よくぞここまで、いろいろな要素をぶち込んで、リーダビリティー抜群の物語を創り上げたものだ。まるでラーメンの替え玉のように、次々と読みどころがお替わりできる。大満腹で大満足の一冊なのである。

一〇〇字書評

替え玉屋　慎三

切・り・取・り・線

購買動機（新聞、雑誌名を記入するか、あるいは○をつけてください）

□（　　　　　　）の広告を見て	
□（　　　　　　）の書評を見て	
□ 知人のすすめで	□ タイトルに惹かれて
□ カバーが良かったから	□ 内容が面白そうだから
□ 好きな作家だから	□ 好きな分野の本だから

・最近、最も感銘を受けた作品名をお書き下さい

・あなたのお好きな作家名をお書き下さい

・その他、ご要望がありましたらお書き下さい

住所	〒				
氏名		職業		年齢	
Eメール	※携帯には配信できません	新刊情報等のメール配信を 希望する・しない			

この本の感想を、編集部までお寄せいただけたらありがたく存じます。今後の企画の参考にさせていただきます。Eメールでも結構です。

いただいた「一〇〇字書評」は、新聞・雑誌等に紹介させていただくことがあります。その場合はお礼として特製図書カードを差し上げます。

前ページの原稿用紙に書評をお書きの上、切り取り、左記までお送り下さい。宛先の住所は不要です。

なお、ご記入いただいたお名前、ご住所等は、書評紹介の事前了解、謝礼のお届けのためだけに利用し、そのほかの目的のために利用することはありません。

〒一〇一－八七〇一
祥伝社文庫編集長　坂口芳和
電話　〇三（三二六五）二〇八〇

祥伝社ホームページの「ブックレビュー」からも、書き込めます。
http://www.shodensha.co.jp/bookreview/

祥伝社文庫

替《か》え玉屋《だまや》 慎三《しんぞう》

令和 元 年 7 月 20 日　初版第 1 刷発行

著　者　尾崎《おざき》 章《しよう》
発行者　辻　浩明
発行所　祥伝社《しようでんしや》
東京都千代田区神田神保町 3-3
〒 101-8701
電話　03（3265）2081（販売部）
電話　03（3265）2080（編集部）
電話　03（3265）3622（業務部）
http://www.shodensha.co.jp/
印刷所　萩原印刷
製本所　ナショナル製本
カバーフォーマットデザイン　中原達治
編集協力　㈱アップルシード・エージェンシー

Printed in Japan ©2019, Sho Ozaki ISBN978-4-396-34549-5 C0193

祥伝社文庫の好評既刊

祥伝社文庫の好評既刊

今村翔吾　狐花火《きつねはなび》　羽州ぼろ鳶《とび》組⑦

水では消えない火、噴き出す炎、自然発火……悪夢再び！　江戸の火消たちは団結し、全てを奪う火龍に挑む。

今村翔吾　玉麒麟　羽州ぼろ鳶《とび》組⑧

豪商一家惨殺及び火付けの下手人とされた《ぼろ鳶組》頭取並。すべてを敵に回した男が、人を救う剣をふるう！

経塚丸雄　すっからかん　落ちぶれ若様奮闘記

改易により、親戚筋に「預」となった若殿、須崎槙之輔。少ない銭をやりくりし、御家再興を目指す！

経塚丸雄　まったなし　落ちぶれ若様奮闘記②

屋敷を見張る怪しげな目。義母の醜聞。人目を忍んで外出すればいざこざに。ああなんたる不運、どうする槙之輔。

野口　卓　師弟　新・軍鶏《しやも》侍

老いを自覚するなか、息子や弟子たちの成長を透徹した眼差しで見守る岩倉源太夫。人気シリーズは、新たな章へ。

野口　卓　家族　新・軍鶏《しやも》侍②

気高く、清々しく園瀬に生きる。淡々と、しかしはっきり移ろう日々に、家族の姿を浮かび上がらせる珠玉の一冊。